こはだの鮓

北原亞以子

PHP
文芸文庫

○本表紙デザイン＋ロゴ＝川上成夫

こはだの鮓（すし）　目次

楽したい

「一冊の本」（朝日新聞社）一九九六年一一月号に掲載。
舞台は江戸。生まれ故郷を飛び出し、憧れの江戸へ出てきた男の物語。

江戸へ行きたい。

そう思ったのは、十三の時だった。家を飛び出して江戸へ行った男が、その年に、上州のあまり日が当らないこの山陰の村へ帰ってきたのである。

男は、すりきれた着物や、つんつるてんの股引などを身につけてはいなかった。真新しい合羽の下に着ていたのは、夏三の目には晴着にも見えた紬の着物で、薄い藍色をした暖かそうな股引をはき、黒い手甲と脚絆をつけていた。

しかも、振分荷物の中には、母親や妹達へのみやげだという簪が入っていたのである。お大尽になって帰ってきたのだと、夏三は思った。

庄屋は、裏通りの金物屋の入聟になっただけで、たいしたことはないと苦笑いしていたが、かつての男は小作人の三男で、冬のさなかでもすりきれた着物一枚に、つんつるてんの股引で震えていたのである。それが、真新しい合羽に、紬の着物であった。金物屋の入聟になって、旅に必要な合羽を買い整え、継布も当っていない紬の着物を着られるようになったというなら、これは『わらしべ長者』ではないか。
庄屋は、男の幸運にやきもちをやいているのだと、夏三は思った。以来十年間、江戸へ行きたいという思いは、夏三の頭から離れたことがない。

夏三の家、いや、夏三の長兄夫婦の家には、彼ら二人の子供四人と次兄の秋二（しゅうじ）、それに出戻りの姉がいた。が、両親が長兄に残していってくれたのは、五畝（せ）ほどの水田だけだった。

これで九人が食べてゆける筈（はず）はない。両親にもそれはわかっていて、長男と長女が生れたところで、子供はつくらぬことにするつもりだったらしい。つもりだったらしいのだが、翌年の秋に男の子が生れ、間引きするのも可哀（かわい）そうだからと、秋二と名付けて育てることにしたのだそうだ。

予定はしばしば狂う。秋二のあとにも、男の子が誕生した。夏三である。

夏三は、両親の意思の弱さをどれほど嘆いたことか。長い冬を過ごすのに、藁（わら）をうち、縄（なわ）をなってばかりはいられないとわかってはいるが、子供はつくらぬという彼らの意思が強ければ、夏三は生れてこなくてもよかったのである。夏に生れた三番目の子だから夏三などと、いい加減な名前をつけられて、三つ違いの次兄と一緒に、幼い頃から富農の家へ働きに行かなくともよかったのである。

同じ年頃の子が、畦道を走りまわって遊んでいるのを横目に見ながら、子守りをし、湯を沸かし、草をむしり、藁を積んで、その合間には、自分の家の薪となる枯枝を拾って歩いていたのだ。思い出しても疲れてくるではないか。

といっても、二十三の今が楽というわけではない。子守りや湯沸かしは長兄の子供達がひきうけるようになったが、やはり富農の家で働いている夏三には、田植えやら稲刈りやら、麦踏みやら麦の刈り入れやら、毎日、息つく暇もないほどの仕事が待っている。

江戸へ行きたい。

江戸へ行って、楽をしたい。『わらしべ長者』のように、紬を着て帰ってきたあの男のように、金持の入聟になって、精いっぱい楽をしたい。

江戸へ行って、藁を拾って、飛んできた虻をつかまえて藁で結んで、それを欲しがった子供にくれてやる。お礼に蜜柑をもらって、その蜜柑を、のどがかわいて困っている旅人に「どうぞ」と差し出して、反物をもらう。江戸ならば、旅人など行列をつくって歩いているだろう。

反物が馬に換わって、馬が田畑に換わる。多分、何十万石もの大大名がその馬を見て、夏三を呼びとめるにちがいない。馬をくれるならば、千石の収入がある領地をやろうということになって、夏三は、たちまちお武家様だ。そしてお姫様に見初められて、大名の聟になる。

庄屋の話では、四年前に異国の船が相州かどこかへきたとかで、幕府は上を下への大騒ぎ、大名も楽ではないそうだが、夏三の知ったことじゃない。

大名になれば、少なくとも食いっぱぐれはないだろう。「よきにはからえ」と言っていれば、家老がむずかしいことは片付けてくれて、脇息を枕にごろ寝をしていれば、きれいな腰元が、お頭つきのめしをはこんできてくれるにちがいない。

ああ、江戸へ行きてえ。楽をしてえ。江戸で藁を拾って、ごろ寝をして暮らせる身分になりてえ。

と言っていても埒はあかない。

そう思った。

家を飛び出そうと思えば、今すぐにでも飛び出せる。下着をくるんだだけの小さな風呂敷包をかかえた夏三が、「こんなうち、出て行ってやる」と叫んだとしても、長兄も嫂も、「あ、出て行くかえ」と涼しい顔をしているだろう。長男に生れなかった不運を、いつも一緒に嘆いている次兄ですら、これで俺の食うものが少しふえると、喜ぶかもしれないのだ。

ただ、路銀がない。路銀がないので十年間もためらっていたのだが、よく考えてみればためらいつづけていたのでは、一生、江戸の藁は拾えない。この村で藁を拾って蚯を結わえたところで、誰も欲しがりはしないのである。

「江戸へ行くためには――」

と、夏三は、かわいてきた唇を舐めた。

江戸へ行くためには、多少、思いきったことをする必要もある。江戸へ辿りつくまで三日か四日、道中は木賃宿に泊まることにして、必要な米と金は、働いている富農の家から無断で拝借することにしよう。

長兄夫婦にも次兄にも迷惑をかけるかもしれないが、しばらくの辛抱だ。大名に出世した暁には、夏三がじきじきに出向いて、借りた米と金は二倍にして返すし、長兄も次兄も武士にとりたててやる。

そんなわけで、夏三は、生れ故郷の村を飛び出した。袋いっぱいの米と、二、三両の金くらいは盗むつもりだったが、米と金に手を触れたとたん、こんなに盗んでは富農も許してはくれぬだろうと急に怖くなって、一升くらいの米と、一朱銀を一枚と、四、五百文の銭しか盗めなかったのが、誤算といえば誤算だった。

「冗談じゃねえだ、まったく」

天秤棒の重さが肩にくいこんでくる。夏三は、江戸へついた翌々日から、塩売りとして働いているのである。

懐にあった一朱と四百七十六文は、生れてはじめて持った大金だったが、使いでのなさには呆れるばかりだった。三晩泊まった木賃宿の薪代でざっと百五十文が消え、足りなくなって買った米は、百文で六合しかこなかった。異国の船がきてから、すべてのものがすさまじい値上がりをしているのだそうだ。

江戸に到着したのが日暮れだったので、目についた旅籠に飛び込んで、この代金が三百文、一朱銀を換えた四百十二文の銭も、あれよあれよという間に懐から飛び出て行って、話に聞いていた浅草寺へ行った時には、蕎麦を食べるのもどうしようかと考えるほどの懐具合になっていた。

が、わらしべ長者は、確か観音様のお導きで藁を拾った筈だった。大名になってごろ寝暮らしができるなら、お賽銭の額を削りたくはなかった。

夏三は、大枚十文を賽銭箱へ投げ入れた。

深々と頭を下げ、手を合わせたが、庄屋の話からは想像もつかない混雑ぶりだった。どうぞ藁しべを拾わせて下さいましと願っている間にも、夏三の軀は賽銭箱へ押しつけられそうになり、参詣を終えた人達が帰ろうとする方向へ押されて行くのである。

藁を拾えというお告げの声は聞こえなかったし、この混雑で、観音様のお耳へ自分の祈りが届いたかどうか不安だったが、夏三は、人波にさからわずに本堂の階段を降りた。押されて転びそうになったが、足許に藁は落ちていなかった。

それからは、よろけもせずに歩いて、現在住んでいる裏長屋の前まできた。田原町三丁目という地名はあとから知った。その路地へ入ってみる気になったのは、木戸の横にある差配の家が、九月も末のつめたい風が吹いているというのに、開け放しとなっていたからだった。

あれだけの参詣人がいるのだ。観音様も、あちこちの夢枕にお立ちにならなければなるまい。それならば、浅草寺に近いところに住んでいた方が有利だろう。そう考えると、差配が戸を開け放しにしておいたのも、観音様の思召と思えてきたのだった。

だが、観音様は、夢枕に立って下さらなかった。懐に残っていた金は底をつき、背負っていた米は一粒もなくなって、夏三は、差配にすすめられるまま、塩売りとなったのだった。

確かに、塩売りは手軽にはじめられる。差配の紹介で、天秤棒も枡もはかりも貸してくれるし、商売物の塩も、望むだけ持たせてくれる。商売を終えたあとで塩店へ帰り、儲けの分を差し引いた売り上げ金と、売れ残った塩を返せばいいのである。沢山儲けようと、塩を欲張って持ち出したわけではない。重い荷をかついだことがないわけでもない。野良仕事には、こやしをはこぶ仕事がある。あるが、こやしの桶は、それを畑に撒いてしまえば空になった。

「まったく、いつまで重いだ、この荷はよ」

　夏三はうなった。

「こんな筈じゃなかっただ」

　他の参詣人が一文のお賽銭を投げているというのに、夏三はその十倍も差し上げたし、観音様が夢枕にお立ちになりやすいよう、田原町の長屋に住むことにもした。間違ったことはしていないつもりだった。

「なのによ」

　塩売りである。おまけに昼の四つから売り歩きはじめて、まもなく正午になるというのに、一度も「塩屋さん、待って」という声がかからない。

　第一、行列をつくって歩いている筈の旅人の姿がない。まったくないわけではないのだが、かぞえるほどしかいない。そのかわりに薄汚い恰好をした浪人が、ぞろぞろと歩いていた。藁を拾い、虻を結わえても、反物と交換する前に、「うるせえ」と叩っ斬られそうだった。

「世の中、変わってるだなあ」

浪人がふえているということは、大名が貧乏になって、家来に暇を出しているからだろう。貧乏な大名の聟となったら、うんと働かされるかもしれない。

「こりゃ、考え直した方がいいど」

拾ってきたような藁草履——実際、ごみためで拾ってきたのだが、今にも鼻緒の切れそうなそれをはいた足が目に映っていた。

藁を拾うために俯いていたのだが、大名があてにならないのなら、とりあえず塩売りで稼ぐほかはない。夏三はいったん荷をおろし、深呼吸をして胸を張り、あらためて荷をかつぎなおすと、少しは楽になったような気がした。

こころなしか声にも張りが出て、夏三は、思わず自分の声に聞き惚れた。

「塩や、塩」

ほんとうに、いい声だった。そのせいか、豆腐屋の裏手にある長屋の木戸口から、「塩屋さん——」と、甕をかかえた女が飛び出してきた。

差配と仲がよいという塩店の主人は、この商売で損をしないこつを教えてくれたが、それは、桝に塩を詰めすぎないことだという。

地面に荷をおろした夏三は、かたまっている塩をやわらかくくずし、そこへ桝を置いて、子供の頃、好きな女の子へ砂をかけていじめたように、両手で塩をかけた。

先に女の甕を受け取って、桝の上にふんわりと山をこしらえている塩を見せ、「おまけだ」と言う。女もにっこり笑って、「また明日もおいでよ」と言った。

「ええ、そりゃもう。お昼から、もう一度きてもいいだよ」

夏三は、女に深々と頭を下げて荷をかつぎ上げた。俺には商才があるのかもしれないと思った。

塩売りで稼いで、差配と仲がよいというあの塩店の主人のように、田舎から出てきて職のない男達に天秤棒と秤を貸してやって、男達の売り上げから儲けをとる。大名の聟にならなくても、楽ができるではないか。

目の前が急に明るくなったような気がした。たった一合売れただけなのに、荷も軽くなったように思えた。

だが、その裏通りから、次の町の裏通りに入って気がついた。夏三は、女から代金をもらっていなかった。

荷がいっそう重くなったような気がした。売り声にも力が入らなくなった。

夏三は、また今にも切れそうな草履の鼻緒を見つめながらあるきはじめた。俺は商才がない、そう思った。これでは塩店を出して楽をするどころか、塩店に払う売り上げの代金にも困ってしまう。今の一合分の損を取り戻すためには、これからどれくらい、この重い荷をかついで歩かねばならないのだろう。

暗い気持の耳に、鈴の音が聞えてきた。

顔を上げると、尻端折りの男が女に呼びとめられている。

男は、知行地へくる旗本が家来にかつがせている挟箱の小さいのをかついでいた。鈴はその先についていて、男が動くたびに、チンリン、チンリンと鳴るのである。

「これ、日本橋まで頼むよ」

女が差し出したのは、手紙だった。しかも、それと一緒に銭を渡している。

男は、銭を財布へ入れ、手紙を挟箱のようなものに入れてから、帳面を取り出した。女に手紙の宛先を尋ねているようだったが、夏三の目は、挟箱風の入れものに吸いつけられた。籠を渋墨で塗ったものだったのである。

籠には朱墨で、『田原町　正直屋』と書いてあった。その上には、やはり朱墨で墨太に『町飛脚』と書いてある。

『田原町』という文字は、差配に教えてもらった。「いいかえ、今日からここに住んでいるんだよ」と何度も念を押されたので、よく覚えている。『正直屋』も読めた。村に一軒だけあった店が、同じ屋号だった。

だが、『町飛脚』などという文字は、見たことがなかった。物覚えはわるい方ではなく、町は田原町のまちと読めるのだが、そのあとがわからない。いずれにしても、江戸の町には、人の手紙を届けてやる『町何とか』という商売があるようだった。

女は、夏三が見ていることに気がつかなかったらしい。ねえ――と鼻にかかった声を出して、正直屋の手を握ろうとした。

「いつ返事をくれるんだよ。わたしの気持はわかってるんだろう?」

夏三は、目を見張った。何と、正直屋がその誘いを断ったのである。

し、信じられねえ。

江戸の女はみんな綺麗な着物を着ているが、その女は、庄屋の女房でさえ普段着にはしない絹物の、それも、仕立ておろしのような着物を着ているのだ。ということは、かなりのお大尽である筈で、その誘いを断る正直屋には、もっとお大尽の女の誘いがあることになる。

「し、知らなかった」

こんなにいい商売があるとは。

夏三は、思わず正直屋に近づいた。薄情(はくじょう)なんだから、もう——と、女は軀をくねらせていたが、知ったことではなかった。

「ちっ、塩売りかい」

女は、夏三を見て、露骨(ろこつ)に顔をしかめた。が、さすがに正直屋の手を握りつづけているわけにはゆかなかったのだろう。「待ってるからね」と、もう一度軀をくねらせて家の中へ入って行った。格子戸(こうしど)が、軽い音を立てて開く仕舞屋(しもたや)だった。

「有難うよ」

と、正直屋が言った。

「助かったよ。お前(めえ)がきてくれなきゃ、うちん中へ引っ張りこまれるところだった」

そう言いながら、正直屋は『町何とか』と書かれた籠を開け、たった今、女からあずかった手紙を引き裂いた。

「そういう商売け？」

「え？」

正直屋が夏三を見た。夏三は、目を見張ったまま言った。

「めずらしい商売だと思っただよ。あずかった手紙を破いてやるだなんて」

「わかったよ」

正直屋は、合点がいったようにうなずいた。

「どこかで見た顔だと思ったら、昨日、田原町の蛙長屋へきたお人だね」

蛙長屋か大蛇長屋か知らないが、昨日、田原町の住人となったことは間違いない。

「田舎から出てきたお前さんが、町飛脚を知らなくってもむりはねえ。近頃流行りだしたんだよ、この商売は」

「まちびきゃく？」

「ほら、ここに書いてあるじゃねえか」

正直屋は、『町何とか』と書かれたところを指さした。

「銭をもらって、手紙を届けてやるんだよ。破くのが商売じゃねえ」

「でも、たった今……」

「ここは特別だよ」

正直屋は首をすくめ、夏三を物陰へ連れて行った。

「日本橋にあの女の知り合いなんざ、いやしねえのよ。ただ――」

と、正直屋は、そこで言葉を切って夏三を見た。

「な、わかるだろ?」

「へえ」

うなずいたものの、よくわからない。女が正直屋を呼びとめる口実に、手紙を持って家の外へ出てくるのかもしれないが、何十文かの代金も渡しているのである。が、わからなくてもよかった。丸儲けという言葉と、女の聟になる光景が一緒に脳裡へ浮かび上がってきて、夏三は、夢中で正直屋の腕を摑んだ。

「いてて。この野郎、何をしやあがる」

あずかった手紙を引き裂くだけで何十文ももらえるなら丸儲け、町何とかを呼びとめるだけに何十文も払える女の聟になれればしめたもの、どちらにしても楽ができるではないか。ことによると観音様は、夢枕に立って下さらないかわりに、あの女を夏三の前へお寄越しになったのかもしれなかった。

「お、俺も、町飛脚になりてえ」

「お前さんがチンリンに?」

と、正直屋は言った。町飛脚は、チンリンとも言うようだった。

「むりじゃねえかえ？　チンリンは、頼まれりゃどこへでも行かなくっちゃならねえんだよ」

「足は達者だ」

「達者なのはわかるが、さ。お前、日本橋がどっちの方向か、わかるかえ」

　夏三は口を閉じた。塩店の主人が、穂先の抜けそうな筆で絵図を書いてくれた田原町界隈以外、方向も地名もわからなかった。

「江戸は山がなくってわかりづれえけど、絵図で書いてくれれば、すぐに覚えるだ」

「字は？」

「え？」

「文字は書けるかって聞いてるんだよ」

　また口を閉じた。読めるのも書けるのも、田原町と正直屋と夏三だけだなどとは言いたくなかった。

「文字もすぐに覚えるだ。頼む。この通り、一生のお願えだ。チンリンにしてくれろ」

「ま、このあたりは、俺にとっちゃ鬼門だからな。避けて通りてえが、——お前、勘定は？」

　これはできる。それも、人より早くできる。勘定ができないと、駄賃や給金をごまかされることがあるので、必死に覚えたのだ。

それならば――と、正直屋は言った。

とにかく、いろはだけは覚えろというのである。相手の言う居所を仮名で帳面に書きつけて、聞くは一時の恥、しばらくの間は、通りすがりの人に「ここへ行きたいのだが」と尋ねればいい。尋ねながら歩いているうちに、漢字も江戸市中の道も、ひとりでに頭に入ってくるだろう。

「その通りだ。それじゃ、明日から働かせてもらうだ」

夏三は、呆気にとられている正直屋に背を向けて走り出した。楽のできる道がひらけてきたと思えば、塩の荷など少しも重くなかった。

塩店の主人も、「チンリンになるだ」と言うと、呆気にとられたような顔をした。塩店の主人だけではない。今日明日のめし代と、チンリン用の籠、鈴、手甲脚絆、それに塩店に返さなくてはならない塩一合分の代金など、諸々の費用を借りに行った差配も、「チンリンは、そんなに儲かる商売ではないのだがねえ」と首をかしげた。

何十年江戸に住んでいるだと、夏三は思った。いい加減髪も薄くなっているのに、差配は、チンリンがお大尽の女の聟になれることを知らないのである。

が、それを教えてやれば、差配が「俺も――」と言い出すかもしれない。夏三は、素知らぬ顔で板の間に額をすりつけた。明日か明後日にはあの女に口説かれて、「ねえ、早くうちにきておくれよ」などと言われているかもしれないが、今は、差配に金を貸してもらわないと、昼めしも食べられぬのだった。

差配は、しぶしぶ二百文を貸してくれた。少し足りないのではないかと思ったが、挟箱のような籠も鈴も、手甲脚絆も、正直屋が捨ててなければ古いのがある筈だという。

「めしを食った残りで、草履をお買い。言っとくけど、そのおあしは、やるんじゃないからね。ちゃんと返しておくれよ」

夏三は、いろはの手本も書いてもらって差配の家を出た。四十八文字くらいは、一晩で覚えられる筈だった。

早くあの女の家の前へ行きたいのに、神田への使いを頼まれた。継布の当った前掛をして、たすきがけに尻端折りの大女だった。

「幼馴染みに借金をしちゃってさあ。その言訳を書いたんだよ」と、聞きもせぬことを喋って、「ねえ、いつものいい男の正直屋さんは、どうしたんだよ」と頬をふくらませる。俺だってお前の使いなんかしたくねえだと、夏三も不機嫌な顔になって走り出した。

が、商売は順調だった。「かんだ　みかわちやう」と書いた帳面を見せて道を尋ねた四十がらみの女は、「飛脚屋さんが迷子になったの？」と、怪訝な顔をしながらもていねいに教えてくれたし、手紙を受け取った女は、浅草三間町への手紙を頼むと言ってくれたのである。

三間町は、田原町に近い。塩店の主人が書いてくれた絵図にも、その地名が書かれていたほどであった。

夏三は、軽い足どりで走った。大女から二十四文、手紙を受け取った女から二十四文をもらって、あの女のいる方へ向っているのである。

観音様のお告げだ。俺あ、藁のかわりに、鈴を拾ったにちげえねえ。これで、まもなくお大尽だ。

その目算が狂ったのは、三間町で手紙を渡したあとだった。チンと鈴が鳴って、リンの音が聞えぬうちに、「飛脚屋さん――」の声が聞えたのだった。

「ちょいと、こっちだよ。駄賃ははずむから、大急ぎで芝まで行っとくれ」

ふりかえると、『さくらや』と書かれた掛行燈の前に、少し白粉を塗り過ぎたような女が立っていた。

「何だい、いつものいい男じゃないのかい。頼りなさそうだけど、正直そうだから、ま、いいや。あのいい男は病気かえ」

嫂も早口だったが、女は、その二倍くらいの早さで喋って、「みやどの」と下手(へた)な字で宛名を書いた手紙を差し出した。

「わたしの娘だよ。今日行くと約束していたのが、行かれなくなっちまってさ。身重(みおも)の娘に心配をさせちゃいけないから、早いとこ、手紙を届けておくれよ」

いいね。

よろけるほど強く肩を叩かれたが、渡された金も四十五文あった。

夏三は、しぶしぶ走り出した。四十五文は嬉(うれ)しいのだが、通りがかりの男に尋ねると、芝は、神田よりずっと先だという。教えられた通りに橋を渡って、そこでまた道を聞いて、日本橋の上でも、やたらに竹屋の多い河岸(かし)でも『しば(芝) しちけん(七軒)ちやう(町)』はどこかと聞いて、さくらやの女将(おかみ)の娘に手紙を渡した時は、近くの寺院の鐘が、昼過ぎの八つを知らせていた。

昼めしを食おうと、夏三は思った。幸い、娘の家の三軒先に、蕎麦屋があった。

夏三は、肩から籠をおろした――つもりだった。が、鈴がチンリンと鳴って、

「おい、待ってくんなよ」と言う声が聞えた。

まさかと思いながら、蕎麦屋とは反対の方向へ顔を向けると、元結のたすきをかけた男が髪結床から飛び出してくるのが見えた。

「飛脚屋さん、品川へ行ってくんな」

「しながわ？　しながわって、どっちだ」

「あっち」

髪結床の親方が指さしたのは、浅草とは反対の方角だった。

これさえ届けてしまえばと、夏三は自分で自分を慰めて、手紙を受け取った。大分、腹は空いたが、これさえ届けてしまえば田原町へ帰ることができる。その上、財布には、親方から受け取った分を合わせて、百十七文もの銭が入っているのである。

「一日でこんなに稼いだのは、はじめてだものなあ」

幸先がよいと思うと、生れてはじめてのような、いい気分になった。これが、幸せな気持というのかもしれなかった。

手紙の宛先は、宿場の入口にある旅籠であった。「確かに渡しただよ」と念を押して旅籠の外へ出ると、くる時には気づかなかった潮のにおいがした。

生れてはじめて見る海だった。川の水があふれて村が水びたしになった時よりも、もっともっと広く、波ばかりの光景がつづいていた。

「すげえなあ」

俺は、こんなにすげえ景色を見たのだと思うと、先刻より、もっといい気分になった。

それでつい海辺へ降り、のんびりしたのがいけなかったのかもしれない。肩を叩かれてふりかえると、手紙を持った男が立っていた。

「新宿(しんじゅく)まで頼むよ」

「しんじゅく？　浅草に近(ちけ)えのけ」

「遠いよ」

「やだ、もう——」

涙がにじんできた。

せっかくいい気分になっていたのに、何だって皆、田原町から遠いところへ、離れたところへと行かせようとするだ。そんなに俺が、あの女の入聟になるのが口惜(くちお)しいのか。

夏三の涙を見て、男も驚いたらしい。「明日でいいよ」と言い、手紙と五十文を押しつけるようにして、海辺から街道へと上がって行った。

夏三は、鈴を懐へ押し込んで街道へ上がった。ようやく田原町へ帰れそうだった。

先刻走ってきた道を戻り、日本橋も神田も通り過ぎた。この川が確か神田川で、この橋を渡って右へ折れると、お蔵前というところへ出る。お蔵前を過ぎて、ここで左へ曲がると、さくらやのある三間町だ。田原町は、この突き当りにある。

夏三は、三間町を抜けたところで、懐から鈴を出した。女の家は、すぐ目の前だった。

棒の先につけただけで鈴が鳴る。格子戸が軽い音を立てて開いた。

飛脚屋さん、ちょいと寄っておくれよ――と、中から出てきた女が軀をくねらせる筈だったが、なぜか夏三の軀は宙に浮いた。無論、原因はすぐにわかった。六尺以上はあろうかと思われる大男が夏三の衿を摑み、「手前か、俺の女にちょっかいを出すチンリンは」とわめいているのだった。

今、夏三は、蕎麦屋の出前持として働いている。蕎麦はそれほど重くないし、品川や新宿まで出前に行くこともない。釣銭を少なく渡すことはあっても、代金をもらわずに帰ってくることはなくなった。

が、夏三は、ひそかに江戸へ出てきたことを後悔していた。あの女の男にさんざん殴られた上、百六十七文を奪い取られて、差配から借りた二百文が、まだ返せずにいるせいもある。せいもあるが、金持の商人がわんさといる、大坂へ行くべきだったのではないかと思うようになったのである。

ああ、大坂へ行きてえな。

大坂へ行って、木綿問屋か廻船問屋か酒問屋か、何でもいいから金持の入聟になって楽したい。うまいものを食って、寝て暮らしたい。世の中どう変わっても、この気持は変わらない。

夏三は溜息をつきながら、出前の蕎麦を倹飩箱へ入れる。煙草屋のおみっちゃんが、夏三さんていい人ねと言っているそうだが、あの店は賃粉切りにやめられて困っている。入聟になろうものなら、朝から晩まで煙草の葉を刻ませられそうだった。

おみっちゃんは、ちょっと鼻が低いけれど、まあ可愛い顔をしているのだが、今のところ夏三が夢に見るのは、大坂の雑踏の中で藁を拾い、虻を結わえて反物に換え、反物が馬、馬が田畑にかわって、のんびりと昼寝をしているところなのである。

こはだの鮓（すし）

「小説新潮」（新潮社）一九九五年四月号に掲載。
舞台は江戸。こはだの鮓をもらった男の物語。

こんなことは、めったにあるものではない。

よいことも悪いことも年齢をとるに従って小さくなるという作兵衛自身の説に従えば、まだ下総の酒井根村で暮らしていた頃、隣家の茂蔵が、田圃をあずかってくれと頼みにきたのと、同じくらいの幸運だった。鮓売りの与七が、今日はけちな客が多かったと言って、売れ残ったこはだの鮓を竹の皮につつんでくれたのである。

近頃は、にぎり鮓というものもできたそうだが、与七は、めしにこはだをのせて押したなれ鮓を、小綺麗な桶に入れて売り歩いている。得意先は吉原だが、内緒で遊んできた手代の話によると、こはだの鮓とは言わず、「こはだのすぅ」とのばす売り声が、なかなかよいそうだ。

桶の中の鮓は、二口くらいで食べられるように切って一つ四文、安煙草を買う小遣いにも不自由しているめし炊きの作兵衛には、高嶺の花だが、決して高いものではない。

まして与七は、役者にしたいようないい男だった。そんな美男が唐桟の着物に、黒い襟をかけたやはり唐桟の袢纏をひっかけて、着物は尻端折り、濃紺の股引に白足袋、麻裏の草履という粋な姿であらわれるのである。料理屋から届けられるものを食べ飽きた流連の客が、さっぱりしたものを食べたいと言い出さなくとも、遊女が競って呼びとめて、客に鮓代を払わせるのは当然というものだった。

が、それでも今日は売れ残ったという。与七の言う通り、今日はよほどけちな客が集まっていたのだろう。

考えてみれば、それも作兵衛にとっては幸運だった。奉公先が浅草諏訪町の葉茶屋で、与七と顔見知りであったことも幸いなら、今のうちに横丁を掃いておこうと、箒を持って裏木戸から出て行ったのも運がよかった。小遣いをためては男物の白足袋やら手拭いやらを買って、与七の帰りを待っている小女のおひろに見つからなかったのは、僥倖と言ってもいいくらいだった。

作兵衛は、早足で歩いていく与七の後姿にも頭を下げて木戸の中に入った。こうなったら、横丁の掃除どころではなかった。

とはいうものの、掃除をやめにするわけにはゆかなかった。

作兵衛が働いている葉茶屋は、特に大きな店ではない。店で働いている奉公人は手代が一人、小僧が一人で、そのほかにおひろと作兵衛がいるだけである。店が手狭なら住まいの部屋数も少なく、庭も広くはないのだが、主人は樹木が好きだった。猫ならぬ犬の額ほどのところに、楓やら松やら、梅やら柿やらが植えられて、どぶが木の葉で埋まると近所の顰蹙を買っている。

　春三月、落葉の少ない季節とはいえ、横丁の掃除を怠れば、早速近所から苦情が持ち込まれ、口やかましい内儀が、「だから掃除だけはていねいにと、いつも言っているじゃないか」と、耳が痛くなるような声を張り上げるにちがいなかった。あの声を聞くよりは、掃除に戻った方がいい。戻った方がいいが、その間、この鮓をどこへ置けばいい。

　おひろは昼過ぎに、娘の供をして日本橋へ出かけた。先刻帰ってきたばかりで、「あの我儘娘に日本橋中を歩かされて、足が痛くなった」とこぶしで脛を叩いていたから、今頃、台所の片付けにとりかかった筈だ。

　おひろのいる台所へ、鮓を持って行けるわけがない。

　背中に隠して持って行っても、おひろは素早く包を見つけ、「あ、こはだのお鮓」と素っ頓狂な声を上げるだろう。そして、分けてやるとも言わぬうちに作兵衛から包を取り上げて、すぐに一つをほおばってしまう。あげくに、「誰からもらったのさ」と、うらめしそうな顔をする筈だ。

そこでおさまれば、我慢する。問題は、与七がくれたとわかった時だった。「このお鮓は、わたしにくれたかったたんだよ」と、おひろは言うにきまっていた。

「でもさ、あの人、てれくさがりだろう？　作さんに渡せば、一つや二つはわたしの口に入るかもしれないと思って、それで作さんが木戸から出てくるのを待っていたんだよ」

自惚れるだけ自惚れて、おそらく竹の皮へ頰を押しつける。せっかくの鮓が妙に温かくなってしまうし、第一、取り上げた鮓を作兵衛に分けてくれるかどうかもわからない。

冗談じゃないと、作兵衛は思った。

せっかくもらった鮓を、誰がおひろなんぞにやるものか。

おひろは、青菜や蜆を買う時に、裏の絵草紙屋の分もついでに買ってやる。絵草紙屋の女主人は、どこぞの旦那に身請けされたもと遊女だとかで、買い物が得手ではない。小女もいるにはいるのだが、釣銭を始終ごまかすらしい。

そんな愚痴を聞いたおひろは、いつの頃からか入り用にちがいないものを買っては届けてやって、時折小遣いをもらっている。それが羨ましいわけではないのだが、その小遣いで買ってくる饅頭を、たまには分けてくれてもよいと思うのだ。

作兵衛は、捧げるように両手で持っている竹の皮包を眺めた。

「ほかに置くところは——」

あった。昼のうちに割っておいた薪の上だった。

薪を割るのも台所にはこび入れるのも、作兵衛の役目だと思っているおひろは、薪の山に近づいたことがない。そろそろ日暮れ七つの鐘が鳴る頃で、手代は今日の売り上げの勘定にいそがしく、小僧もそのそばに控えていることだろう。薪の上なら鮓は安全だった。

包はずしりと重い。一つ四文に切った鮓が、少なくとも十二、三は入っているだろう。

「ああ、今夜が楽しみだ」

早くめしを炊いてしまって、油揚入りのひじきがつくだけの夕飯は、腹痛がすると断って、冷えた腹を暖めてくると言って湯屋へ行こう。その帰りに、大散財をして酒を買う。

湯屋から帰って、台所の横の部屋へ入って、ぼろ掻巻を着て布団の上に坐って、台所から借りてきたちろりで酒を温めて……。

くそ、こたえられねえ。

作兵衛は、両手で鮓を持ったまま歩き出した。脇の下にはさんでいた高箒の柄が抜けて、倒れたそれにつまずいたが、箒をかかえ直している暇などありはしなかった。

よかった——。

横丁の掃除を終えた作兵衛は、薪の上を見て、思わず口許をほころばせた。鮓の包は、作兵衛が置いたところに、置いた時と同じ姿でのっていた。

「さて、めしを炊いてしまうか」

米をといで、竈に火をつけて、仕事はあとわずかだ。

作兵衛は、薪の上の包をかるく叩いて台所に入り、米櫃を引き出した。

井戸端へ行く前にも包が無事であることを確かめて、米をとぐ。水加減はいつもの通り手首のほくろまできっちりとして、竈に火もつけた。

が、じれったい。はじめチョロチョロ、なかパッパの火を、はじめからパッパと燃やしたくなる。

「一つ、食ってみるか」

と、作兵衛は思った。十二、三は間違いなくあるのだ、一つや二つ食べても、今夜の楽しみにさほど差し障りはないだろう。

作兵衛は、台所の外へ出た。薄暗くなってきた軒下で、薪の上の包が作兵衛がくるのを待っていたように見えた。

作兵衛は、あたりを見廻した。誰もいなかった。

あわてる必要はないのだが、早く食べたさに竹の皮の紐をほどく暇も惜しくなって、作兵衛は包の横から指を入れた。

簡単にとれると思ったのだが、庖丁の切り目がうまく入っていなかったのかもしれなかった。作兵衛の指がつまんだ一つは、なかなか包の外へ出てこない。紐をとけばよいとはわかっているのだが、早く食べたいと、のどが鳴っている。むりやり引き出した鮓は、かたちがくずれていた。

それでも、こはだの鮓だった。二月頃から聞えはじめる「こはだのすぅ」に、作兵衛は幾度、山に盛られたそれを夢に見たことか。

だが、夢は、必ず鮓に手をのばしたところで覚める。つまんだ時も、夢の中ですら頼りない感触が残る。

作兵衛は、こわれた鮓をほおばった。

「うめえ――」

満足したのどが鳴り、もう一つ――と催促をした。

「そうさ、な」

と、竹の皮の中へ指を入れながら、作兵衛は思った。三つくらい食べておいた方が、夕飯を食べずに湯屋へ行った時、空腹で目をまわす心配がないのではあるまいか。

指が、やはり少々くずれている鮓を引き出してきた。ほおばれば、また「うめえ――」という言葉がこぼれて出る。これを、もう一つ食べてもいいのだと思うと、溜息が出てくるほど嬉しかった。

「極楽だぜ、まったく」

三つを食べたというのに、指は未練がましく竹の皮の中へ入ってゆく。困ったことに、つまんだそれは庖丁の切り目がよく入っていたらしく、するりと動いた。口へはこびたくなるのをかろうじて抑え、作兵衛は、二、三本の薪を下げて台所へ戻った。

ちょうど、なかパッパの頃合いで、持ってきた薪をやけくそのように竈へ押し込んだ。一瞬暗くなった竈の中の火は、すぐにかわいた薪に燃えうつり、赤い炎が釜の底を舐めはじめた。

もう一つくらい――と、火加減を見ている笞の目に、こはだの鮓が見えてきた。かぶりを振っても、まばたきをしても、炎の中にあらわれた鮓は消えなかった。

「な、しょうがねえじゃねえか」

と、しばらくたってから作兵衛は呟いた。落着いてめしを炊くには、もう一つくらい、食べた方がいい。

が、暮れてきた空を見上げながら食べる鮓の味は格別だった。作兵衛は、思わず三つをつづけざまにほおばって、まだ鮓を引き出そうとしている手を叩いた。包をふりかえりながら竈の前に戻ったが、気がつくと台所の外にいて、薪が積んである軒下へ行こうとしているのである。

作兵衛は、火吹竹を持った。火吹竹をくわえて、精いっぱい竈の火を吹いていれば、少しはこはだの鮓の姿が消える笞であった。

作兵衛は、夢中で吹いた。吹いて吹いて、吹きつづけた……つもりだったが、我に返ると、竈の前に蹲ったまま、こはだの鮓を食べていた。

あわてて開けた包の中には、二つしか残っていない。

べそをかいたような苦笑いを浮かべながら、作兵衛は鮓をていねいにくるんで、竹の皮の紐を結び直した。茂蔵が田圃をあずかってくれと言ってきた時もそうだったと思った。

茂蔵は、小金牧の野馬捕りに勢子としてかりだされ、馬に蹴られて大怪我をした。子供はまだ小さく、自分にかわって田圃を耕してくれれば、収穫の半分を渡してもいいと言ってきたのである。

当時の作兵衛は、親から譲られた田畑を博奕と酒で失って、妻子から白い目で見られていた。茂蔵の申出は、作兵衛にとっても有難いものだった。

来年の春にはまた田を耕せる、秋には米がとれると思うと、作兵衛は無性に嬉しくなった。嬉しくてたまらずに、つい前祝いの酒を飲んだ。

その酒が幾月つづいたのか、作兵衛にもはっきりとした記憶がない。はっきりと覚えているのは、呆れはてた茂蔵が、ほかの男に田圃をあずけたことだけである。

作兵衛は、鮓の包を懐へ押し込んで立ち上がった。

めしはもう炊けている。あとは腹が痛むと嘘をついて湯屋へ行き、酒を買ってくればいい。鮓はまだ二つ、残っている。

姉妹

「文學地帯」（文學地帯社）三二号（一九六八年）に掲載。
舞台は平安時代。『平家物語』の妓王、妓女、仏御前の説話を
素材にした作品。

妓女

誰？　そこにいるのは――

まあ、おまろさんじゃないの。いったいどこから……だめ。嘘をついてもだめ。築地が破れてなんぞいるものですか。野良犬が出入りしているのは、どこか、よそのおうちでしょ。すけちかに何を呉れてやった……あら、ご免なさい。あたしは、こんなうちに住むようになってもこの通りの人間なの。呆れてしまうでしょう？

さあさあ、おあがりなさいな。ほんとに、今迄どこで何をしていらしたの？　いえ、そんなことは、後でゆっくり伺うわ。そこを曲がって真直ぐにゆくと、沓ぬぎがありますからね、そこからあがって……え？　お客様？　誰方もいらっしゃいませんわよ。

え？　なあに？

そんなところでぼそぼそ仰言るんだもの、何も聞こえやしない。

え？　*1檳榔毛車があった？　なあんだ、知ってらしたの。

ええ、実はさるお方がおみえになってますの。妓王御前のお妹様のご機嫌を伺いにね。ええ、ええ、そういうお方なら、毎日毎日、何人も何人も、おみえになりますわよ。面白くもなさそうなお顔で笑いながら、双六の賽を振ったり、囲碁をなさったりしてお帰りになりますの。遊び女を骨折って遊ばせて下さるなんて、ねえ、おまろさん、世の中もずいぶん変わったものですわねえ。

もっとも、この一門にあらざる者は人に非ず、とか仰言った平大納言様も、その昔は、色褪せた水干の袖をくくって、朱雀大路を駆けまわっていられたそうですし、だいいち、この結構な平家ご一門ご繁昌のもとをお作りになった、入道様のお父上様は、殿上の交りさえ嫌われたお方だそうですから、ご立派な公達が、遊び女の機嫌をおとりになっても、不思議はないかもしれませんわねえ。

オホホ……まあ、そんなにきょろきょろなさらなくっても大丈夫よ。禿に聞かれはしないかと、心配なすったんでしょ。入道様に告げ口する種を見つけようと、どこへでももぐり込む、あの赤い直垂の鼻つまみも、ここまでは参りません。

何のお話をしていたのでしたっけ。

そうそう、檳榔毛車のお方のことだったわね。あんなお方、放っておいてもかまわないの。あたしに会いたくていらしたのじゃない、入道様のご寵愛をうけている女の妹なら、白拍子であれ傀儡であれ、ご機嫌をとっておいて損はない、というのでいらしたお方ですもの。ま、烏帽子の折り方から襟のあわせ方まで、六波羅様、六波羅様と目の色変えて騒いでいるんですから、無理もないことだとは思うけれど。それにしても、腹が立つじゃない？　どのお方も、妓女という女に会いたいのではない、妓王御前の妹に会いたいのだ、そう思うと。

あら、どうなさったの？

ご免なさい、あたしもほんとに気のつかない女ね。そこは陽が落ちると、とてもひんやりしてしまうの。寒かったんでしょう？　さあさあ、こちらへいらして下さいな。そこを曲がると、直ぐに沓ぬぎが……いえ、そんなご心配はご無用よ。幼馴染みじゃありませんか。せっかく訪ねてきて下さったのに、むさいなりだの、泥だらけの足だのって、そんなこと言いっこなし。

え？　なあに？　よく聞こえないわ。もっと大きな声で仰言って。

え？

どうしているか、それだけが聞きたい？――

オッホッホッホ……そうだったわね。おまろさんが、あたしに会いたくって訪ねていらっしゃる筈がなかったわね。

あら、何もそうむきにならなくたって、いいじゃありませんか。おまろさんと姉との仲は、白拍子達でさえ、何のかのと噂していたくらいですからね。今更(いまさら)弁解など、なさらない方がいいわ。

で、どの辺からお聞きになりたいの？　妓王が入道さまのお目にとまったところから？

え？　帰る？　どうして？

オッホッホ……あたしに悪いからですって、まあまあ。でも、このままお帰りになってしまったら、好きでもないお喋(しゃべ)りばかりを聞いて、好きな女の様子は、何一つ聞くことができなかった、ということになりますわよ。すけちかに何をどれくらい呉れてやったのか存じませんけれど、それも無駄になりますわよ。それでもよろしゅうございますの？　よろしいのでしたら、どうぞ、中門はあちらよ。何でしたら、下人(げにん)に送らせますけど？

オホホ……相変わらず、はっきりしない方ね、お聞きになりたいのならお聞きになりたいと、そう仰言いませよ。好きでもない女の機嫌など、損(そこ)ねようが損ねまいが、かまやしないじゃありませんか。

さあ、知っている限りのことは、残らず話してさしあげますから、そんなところで震えてないで、こちらへあがっていらしたら？

そおう、ずいぶん遠慮深くっていらっしゃるのね。

以前から、あたしを避けてらしたけど、妓王がいなくなった今でも、まだ、あたしを避けるお積り？　そのくせ、ご自分がお聞きになりたい話だけは、ちゃんと聞いてゆこうとなさる……

弁解は御無用！

そういう扱いには、慣れているのよ、あたし。幸か不幸か、昔から妓王の蔭に立たされてばかりいましたのでね。――あら、愚痴をお聞かせするんじゃなかったわね。妓王のお話をするんでしたっけ。

では、お話致しましょう。

三年前の、賀茂の祭りの時だったわ。――それは覚えていらっしゃるでしょう？　ほら、あたしと妓王が見物から帰ってきて間もなく、西八条殿からお迎えのお牛車が来て、お后にお立ちになる姫君が、ご入内遊ばすかのような、馬鹿々しい大騒ぎをしたじゃないの。随身達に囲まれたお牛車が行ってしまうのを待って、真青なお顔をしたおまろさんが、家へ飛び込んでいらしたわ。妓王はいったいどこへ、って、やっと、それだけ仰言って……行先は西八条殿、と申上げたら、ものも言わずに飛び出して行かれるんでしょう、あたし、あとを追って行かれたのだとばかり、思っていたのよ。そうしたら、オホホホ……あれこそ妓王御前が思いを寄せる男、と禿に告げ口されるのではないかと、身をかくしてしまわれたんですって。おまろさんらしいわねえ。

あの年に限ったことではないけれど、お祭りはもう、大変な賑わいで、葵(あおい)をさした牛車の、轅(ながえ)と轅がぶつかり合いそうなところへ、また別の牛車(くるま)が入ってゆこうとする仕末よ。それが、美しい出衣(いだしぎぬ)を見せた、絲毛車(いとげのくるま)でねえ。中には、やさしきお方が乗っていらっしゃるんでしょうけれど、雑色(ぞうしき)はわめく、牛飼童(うしかいわらべ)は金切声(かなきりごえ)をはりあげる、そのうるさいことといったら――白拍子のあたし達が、その喧(やかま)しさと土ぼこりに恐れをなして、道の端(はし)に佇(たたず)んでいたくらいですからね。

フフン。思い出す度(たび)におかしくなるわ。

妓王は、車からあたしを庇(かば)うようにして立っていたのよ。お蔭で風は、妓王の虫垂衣(むしのたれぎぬ)だけを吹きあげていったわ。それを、どこでご覧遊ばしたのか、家へ帰ってくると間もなく、入道さまからのお迎えのお牛車が来て……ちらりと見えた美人の顔は、男の心を、すっかり捕えてしまうものらしいですわね。

そうよ、あの時、姉があたしを庇うようなふりをして、あたしの前に立った時、逆にあたしが姉を庇うようなふりをして、姉の前に立ってしまえばよかったんだわ。そうすれば、風はあたしの虫垂衣を……

あら、ずいぶん不服そうな顔をなさるわね。風があたしの虫垂衣を吹きあげたところで、入道さまのお目にはとまるまいって、そう仰言りたいんですか？　ええ、そりゃね、おまろさんには、姉が天女のように見えても、しょうがないとは思っていますわよ。

でもね、おまろさん、ちょっとあたしの顔をご覧になって、いえ、よおくご覧になって。あたし、はっきり申上げますわ、あたしは妓王より、ずっと美しかったんです。美しいばかりじゃない、今様だって舞だって、あたしの方が、ずっと上手だったんです。こればっかりは、いくら妓王がごひいきのおまろさんでも、違うとは仰言れないでしょ？　オホホホ……しぶしぶ頷いて下さるのね。まあ、どうも有難うございます。

風があたしの虫垂衣を吹きあげていたら——あたしにお迎えのお牛車が来ていたわ。ええ、間違いなくあたしに来ていたわ。入道様の御寵愛をうけるのは、妓王ではなく、あたしだったのよ。お蔭で立派な家をいただき、毎日百石百貫をいただくことになったと母の相好を崩させるのは、あたしだったのよ。それなのに、皆、逆になってしまって……。それもこれも、皆、妓王があたしの前に立ちはだかったせいじゃありませんか。

いいえ、あの時ばかりじゃない、姉は、いつだってあたしの前に立ちはだかっていたんです。

ね、おまろさん。あたし、おまろさんにお聞きしたいわ。いったい、姉はどんな舞を見せてくれたんです？　どんな今様を聞かせてくれたというんです？

そりゃ、姉はずいぶん優しゅうございましたわよ。心の底から優しかったのかどうか、あたしは存じませんけれどね。人に召されて舞を所望された時は、妹が舞の上手でございます、と言い、今様一つ唄えと言われた時は、妓女の今様をと、あたしに唄わせてくれたものですから、皆さん誰方も、妓王が微笑みは天女のそれじゃ、とか、妓王がそばにあるだけでも心が和む、とか、妓王ばかりを褒めそやしていらっしゃいましたわよ。お蔭で、あたしが、どんなに軽やかな舞を見せても、流石は妓王の妹だって、妓王の妹故に、舞の上手になれたような褒めかたしかして下さらなかったんです。

ホホホ……、こんなこと、おまろさんに申上げても、しょうがないわね。多分、京には目の見える方が、一人もおいでにならなかったのでしょ。もっと上つ方には、目の見える方がいらっしゃるのではないかと、ひそかに思っていたけれど、それも駄目。妓王に庇ってもらったお蔭で、あたしの虫垂衣は、あたしの顔を蔽ったきりだったんですものね。

まあ、そうですか？　あたしが妓王を憎んでいるように聞こえます？　そう聞こえるのだったら、ことによると憎んでいるのかもしれませんわね。

妓王という、都中に聞こえた白拍子を姉にもったことを、自慢していたではないかって？　オホホホ……おまろさんは、正直な方ねえ。あれが、あたしの心だと思ってらっしゃるの？

あたしだって、それほど愚かな女じゃございませんわよ。どうすればあたしの得になり、どうすれば損になるか、ということくらい、ちゃあんと知っていましたわ。ね、おまろさん、人にもてはやされていた妓王を、あたしが悪く言ったら、どんなことになったとお思いになって？　誰もあたしの言うことなぞ耳に入れず、そのかわり、妓女は姉を妬んでいる、妓女は己れの美しさを鼻にかけ、あの優しい姉をも陥れようと図っている、そういう評判がたったに違いありませんわよ。

おまろさん、こんなことを申上げるのは、ほんとに辛いけど、姉は西八条殿で幸せに暮らしていると、あたしは思うのよ。

なぜって、会いたいから来てくれと、迎えの牛車をさしむけるでなし、懐しいという便りをよこすでなし……嘘じゃありませんわよ。こんなところで嘘をついたって、しょうがないじゃありませんか。ま、行く時は少々拗ねてみたものの、行ってみたら、すっかり西八条殿の暮らしが気に入ってしまった、というところじゃございません？ いくら入道様のご寵愛が深いとはいえ、便り一つ書く暇もないほど、おそばを離れずにいる、ということはないと思いますけどねえ。

ま、おまろさんが、どうおとりになろうと、あたしはそう思っていますわ。だって、気に入らない筈がないじゃありませんか。妹のあたしが住むこの家の門前にさえ、牛車や馬が連なるんですよ。妓王の顔色に一喜一憂する人が、どれほどいることか。それに、都中の白拍子達は、妓一、妓福などと名前を変えて妓王にあやかろうとしているんですもの、気持の悪かろう筈がありませんわ。

あら、どうなさったの？ お帰りになるんでしたら、下人に送らせますわよ……

フフン、哀れだこと――

仏
ねえ、あんたがおまろさん？　ほんとにおまろさん？　あの、妓王さまが思いを寄せていたというおまろさんよ？

ふうん、やっぱりそうなの。ふうん——

でも、他人がどんな人を好きになろうと、かまやしない、そんなことより、早く見つかってよかった。あたし、都中を探さなくちゃならないかと思っていたんだもの。だってさ、妓徳さんが、烏帽子をずり落ちそうにかけて、朱雀大路をふらふら歩いているのを見たっていうだけでしょ、何処をどう探せばいいのか全然わかんないじゃない？

それにしても、薄暗いうちねえ。都にもこんなうちがあるんだわね。ちょっと、灯をつけてよ。ねえ、塩なんか舐めてないで。いいわ、あたしがつける。燭台はどこ？　え？　あるわけないって——いやだなあ、じゃ、そこの半蔀をあげさせてもらうわよ。

いやん、これ何よ。瓶子の砕けたのじゃないの。危いわねえ。少しは片付けなさいよ。

ところで、あたしがどうしてこんなところへ来たかわかる？　わかんないでしょう。実は、妓王さまにも関わりのあることなのよ。

ウウ、臭い！　こっち向かないで。お酒臭いったらないわ、この人。

知ってるわよ、妓女様のところへ行っちゃあ、お酒を貰ってくるんですってね。言いなり放題にお酒をくれている、妓女様の気が知れないわ。

でも、そんなことは、あたしに関わりのないことだけどさ。

ああ、くたびれた。ちょっと坐らせて……と言っても、円座がある筈ないわね。うっかり坐って、大事な壺装束を汚すといけないから、立ってることにするわ。

あのね、ちょっと聞いてよ、あたしね、明日、入道様のところへ行くの。

ううん、実は、お召しがないのよ。

そりゃ、あたしだって、そんなことするの嫌よ。でも、みんなが行け行けって言うんだもの。昔から多くの白拍子は見たが、和御前ほどの舞の上手には会わなんだ、とか、この世にこれほど美しい白拍子が居ったとはって、そりゃ少しはお世辞が入ってるかもしれないけどさ、でも、あたしに会った人は、みんなそう言ったのよ。だから、あたしだって、行ってみようかなあって気になっちまうわよ。

それでね、この間、大変だったの。だって妓福さんたら、仏御前が西八条殿へ推参するとの噂が、もっぱらでございますって、妓女様に申上げちゃったんですって。それでね、妓女様は不快そうに眉をひそめられたわよって、あたしに言うの。当り前じゃないのねえ、入道様のご寵愛を一身に集めていらっしゃる妓王様は妓女様のお姉様、しかも仲がおよろしかったっていうんですもの、綺麗な白拍子が推参すると聞いては、気になるわよねえ。しかたがないから、あたし、お詫びに行ったわよ。そうしたら、ね、おまろさん、妓女様ってお優しい方ね。泉殿でお目にかかったんだけど、水の光るのが、ちらちらと妓女様のお顔に映って、お美しいったらないの。冷たいお方のように見えるのは、お綺麗過ぎるからね。妓福さんなんか、何にもわかっちゃいないのよ。

あたしがお詫びを申上げると、にこにこなさって、召されずとも推参するのは遊び女の常、誰に遠慮することがあろうかって、そう仰言るの。あたし、泣きそうになっちゃったわ。

で、また行く気になったんだけど、行くからには、やっぱり入道様のお目にとまりたいじゃない？　妓王様みたいに、とは言わないけれど、せめて、和御前は日本一の白拍子ぞ、というお褒めの言葉くらいいただきたいわよ。それなのに、もしも、もしもよ、さすがの仏も妓王が前にては、満月の夜の星の如しじゃなんて嘲笑われたらどうする? あたし、死んじゃうわよ。だってさ、あたしが西八条殿へ行くこと、みんな知ってるんだもの。

ええ、そりゃね、みんなは大丈夫だって言うのよ。あたしの方が若いから、妓王様より美しいにきまっているって。でも、心配でしょう? だから、妓王様をよくご存じの方に聞いてみようと思ったの。

ね、おまろさん、あたしと妓王様と、どっちが綺麗?

ねえ、はっきり言ってよう。あたし、おまろさんに嘲笑われたら、行くのやめる積りなんだから。

何よ、お前の方が綺麗だよって、ろくに顔も見やしないじゃないの。お酒臭いの我慢するから、よおく見て!

うわあ、ほんとう? あたしの肌の方が光っているのね? 妓王様より、それだけあたしの方が綺麗なのね? ああ、嬉しい――

おまろさんを探した甲斐があったわ。

あたしね。西八条殿へ行く時は、ちゃんと立烏帽子をかぶって、太刀も佩いてゆく積りよ。近頃は皆、水干ばかりを着ているけれど、あたし、烏帽子がよく似合うの。色が白くって、黒目がちだからだって、お母さんが言ってるわ。
じゃ、あたし帰ろう。何か妓王様にお言伝てはない？　あたし、ちゃんと伝えてあげるわよ。ない？　何にもないの？　ふうん。
じゃ、帰ろっと。あんまりお酒は飲まない方がいいわよ。いくら綺麗でも、おまろさんを好いてくれない人を思っていたってしょうがないじゃないの。少しくらいみめかたちが悪くっても、髪が赤くっても、おまろさんを好いてくれる人を探した方がいいわよ、お母さんだって、いつもあたしに言ってるもの。みめかたちばかりの男を思ってはならぬって。

半蔀は、あげたままにしておくわよ。

さよなら、お邪魔してごめんなさいね。

妓王

お帰り下さいまし、おまろ様。なぜ、なぜこんなところへおいで下さったのでございます。入道様に捨てられた、哀れな女の顔を見ばや、というお心からでございますか？　お帰り下さいまし、あたくし、あなたにお会いしたくない、いいえ、お会い出来ない――。どうか、お願いでございます、あたくしを、そっとしておいて下さいまし。

え？　使いの者が？

おまろ様のおうちへ使いの者が参って、妓王が嘆き悲しんでいる、是非おいで願いたい、と、こう申上げたのでございますか？　誰の、誰の使いでございます？

いいえ、あたくしは存じません。どうしてあたくしが、使いを出すわけがございましょう。いったい、誰がそんな……。

妓女でございます。そうですわ、妓女が使いを走らせたのでございます。

いいえ、間違いございません。使いを走らせたのは、妓女でございます。

いいえ、いいえ、おまろ様は何もご存じないから、そう仰言るのです。あたくしは、何もかも知っておりますのよ。使いを走らせたのは妓女に間違いないのでございます。

また、そんなことを……妓女は、そんな優しい心の持主ではございません。あなたをお呼びしたのは、あなたにあたくしを慰(なぐさ)めていただこうがためなどと、そんなしおらしい妹ではございませんのよ。

ああ、どうしてあたくしの言葉を信じて下さいませんの？　あたくし、嘘など言ってはおりませんのに――。おまろ様は、あたくしが西八条殿に召されている間に、すっかり妓女に言いくるめられてしまわれたのですのね。あたくし、口惜(くちお)しい……。

ね、おまろ様、お聞き下さいまし。

妓女は、あたくしをそねんでおりました。入道様のご寵愛をうけるようになったあたくしを、憎んでさえおりました。いいえ、ほんとうでございます、西八条殿からお迎えのお牛車(くるま)が来たあの時の妓女の目、とても忘れられるものではございません。それに、あたくしを憎んでいないのなら、なぜ、西八条殿へあたくしのつれづれを慰めに来てはくれなかったのです？　あたくしのお蔭で立派な家にも住み、多勢の下人を使って、摂家(せっけ)の姫君にも優(まさ)る暮らしをしながら、なぜ、あたくしに会いに来てはくれなかったのでございます？

妓女は、あたくしが妬ましくてならなかったのですわ。

そのあたくしが、入道様からおいとまを賜(たま)わったのでございますもの、妓女は、嘲笑っているに違いありませんのよ。出来ることなら、手を打って嘲笑いたいところなのですわ、あたくしの妹、血を分けたたった一人の妹でございますのに――。

おわかりでございましょう？　妓女は、あなたにあたくしを慰めてもらおうと思ったのではございません。妓女は、一人で嘲笑っているだけでは物足りず、あたくしの嘆き悲しむ姿を、あなたにお見せしたかったのでございます。それというのも、あたくしが、おまろ様のお心を奪ったことを忘れていないからなので……ま、あたくし……

あの、どうか、お気になさらないで下さいまし。あたくしの申上げようが悪かったのでございます。あの、妓女は、おまろ様に心を寄せておりました。それを、あなたがお気付きにならなかったといって、あたくしを恨んでいるのでございますわ。筋違い（すじちが）の恨み……

ま、そんな風におとりにならないで下さいまし。あたくし、そんな――あなたがうかつだったからなんて、そんなことを申上げる積りは少しもございませんでしたのよ。そんな風におとりになるなんて、あたくし、悲しうございます。あたくしは、おまろ様のお気持を、よく知っている積りでございますのに。

妓女は、確かに美しうございます。あたくしより、はるかに舞いも今様も上手でございます。でも、妓女の美しさは、冴（さ）えわたった秋の月のそれでございました。春の朧月（おぼろづき）の持つ、暖さ、なごやかさは微塵（みじん）もないのでございます。おまろ様は、それがお嫌だった。美しくても、どこやら冷たい感じのする妓女が、お好きにはなれなかった。ね？　そうでございましょう？

おまろ様ばかりではございません。あたくし達と遊んだその誰方もが、妓女の美しさはかえって窮屈じゃ、妓女の舞いを見てくつろぐ気にはなれぬ、と、そう仰言っていたのでございます。妓女は、それを、あたくしのせいだと思っておりました。おまろ様始め、皆様方のお心を、あたくしが無理に奪ってしまうのだと、かたくなに思い込んでおりました。

情ない――。おまろ様、あたくし、情のうございます。西八条殿にいれば、たった一人の妹にそねまれ、帰ってくれば嘲笑われる――。あたくしは、いったいどこにいればよろしいのです。情ない、あんな妹にまで嘲笑われるなんて……。

おまろ様。あたくし、西八条殿を出されるもととなった仏という白拍子を、呼び戻してしまったのでございます。入道様のお心を繋ぎとめておくことは、至難のわざと知っておりながら……。

あたくしは、うかつでございました。十六という仏御前の若さをご覧遊ばして、入道様がどうお心を動かされるか、気づかねばならなかったのです。それなのに、あたくしは、遊び女は人の召にて参るもの、追い返せ、とお怒り遊ばした入道様に、せめてご対面だけでも、と申上げてしまった……。妓王があるところへは、神といえ仏といえ、参ること叶わず、と仰言って下さった入道様に、ああ、何ということを申上げてしまったのでございましょう。ただ、妓王は優しい女じゃと、入道様に思っていただきたいばっかりに——。

　おまろ様。あたくしは、あたくしがこれほど優しい女である、ということを、入道様にお見せしたかったのでございます。あれほど美しい妓女が、ただ、温かみがないというだけで、誰方からも好いてもらえなかったことを知っていたのでございますもの。あたくしは、是が非でも優しい女にならねばならぬ、と思っていたのでございます。

　でも、でも、入道様は、わかって下さらなかった。仏の若さに目がくらんでしまわれて……。ああ、ほんとに、あんな稚い白拍子にお心を移されるなんて、あたくし、口惜しい——。

　おや、表が騒がしい様子だけれど——。

　もしや——もしや、仏の稚さに入道様が飽いてしまわれて……

　あ、どうぞ、何も仰言らないで！

　ほら、聞こえませんこと？　こちらへ走ってくる足音が。

違いましたのね。あたくしだけに聞こえた足音でしたのね。もう、表は静かになってしまったというのに。あたくしが、こんなに待っているというのに。

え？　何でございます？　あたくしとあなたと、あの、あたくしとおまろ様とで都を離れようと、そう仰言るのでございますか？　西八条殿を出されたについて、口さがない京雀(きょうすずめ)達が、何と取沙汰(とりざた)するかもしれぬ、さすれば都には住みにくかろう、と、こう仰言るのでございますか？　ま、何という……。

おまろ様、ご親切は有難うございますが、あたくし、鷹(たか)の爪(つめ)をのがれた雲雀(ひばり)のような心地で、西八条殿を出て参ったのではございませんのよ。お間違いにならないで下さいまし。たしかにあたくし、あなたのようなお方と、都を離れてひっそりと暮らしたいと、申上げたこともございました。でも、考えてもごらん下さいまし。あたくしは、入道様のご寵愛を、三年もの間、うけていた女でございますのよ。塗(ぬり)籠(ごめ)の部屋もない、粗末な萱葺(かやぶき)屋根の家に住まわせて、これからの冬の寒さを、どうしのげと仰言るお積りでございます？

それに——もともと、あなたのようなお方と、都を離れてひっそり暮らしたいと言っていたのは、妓女の方でございます。あたくしはただ——妓女にそんなしおらしいことを言われて、あなたや、他の方々が、妓女はみかけによらぬ優しい女じゃと、そうお思いになっては困ると思って、それで、申上げただけでございます。ねえ、おまろ様。あたくしの身にもなって下さいまし。妓女がみかけによらぬ優しい女だ、という評判がたちましたら、あたくしはどうなるのでございます。心の奥底まで見透かすような冷い眼で、じっと見つめられる薄気味の悪さを我慢して、ふたことめには、妹を、妓女を、とひきたててやりましたのは、いったい何の為だとお思いでございます？　生まれつき姿も声も美しい妹の蔭にかくれてしまわぬように、との為ではございませんか。同じ白拍子の妹、しかも同じ白拍子というなりわいをたてながら、姉が妹の蔭にかくれてしまう——そんなことがあってよいものですか。あたくしには我慢出来ない、あたくしには許せないのでございます。

あたくしは、妹が怒るのを待っておりました。妓王は、都を離れたいなどと、心にもないことを言っていると、あなたや他の方々に告げ口するのを待っておりました。妓女があたくしの悪口を言ったところで、信じるお方など、いらっしゃる筈がございませんでしたもの。妓女が、あたくしの悪口を言えば言うほど、妓女は姉を妬んでいる、ありもせぬことを言いふらして、姉を陥れようとしている、という評判がたつにきまっていたのです。

でも、妓女はやはり賢(かしこ)うございました。おまろ様と都を離れて暮らしたいという、妓女のひそかな、そして一番大切な願いを、あたくしが取りあげて口にしたにもかかわらず、妓女は怒りませんでした。怒り狂って、もうこれからは姉でもない、妹でもないと叫(さけ)んでくれればよかったのに、あたくしは、あたくしがいたらぬ故、と、そっと袖で目がしらを押えてみせることが出来ましたのに、妓女は怒ってくれませんでした。都を離れたいという願いが、あたくしの願いになってしまったのも、そのせいなのでございますのよ。あたくしに都を離れることなぞ、出来は致しません。

ああ、もう、そんなことはどうでもよろしゅうございます。あたくしのこれから先は――。

どうなるのでございましょう。入道様は、もうすっかり、あたくしを、お心から追い出してしまわれたのでしょうか。あれほどご寵愛下さいましたあたくしを――。

ああ、どうしたらよいかわからない。おまろ様、あたくし、どうしたらよろしいのでございましょう?……

再び妓女

もし、そこのお方──

やっぱりおまろさんだわ、間違いなくおまろさんだわ。

ま、なぜお逃げになるの？　お願い！　お逃げにならないでよ。あたし、久しく人と話したことがないの。胸のうちにたまっているもので、息が詰まってしまいそうなのよ。それとも、あたしなんぞと顔を合わせるのもお嫌？

ありがとう。あたしの話を聞いて下さるのね。嬉しい──。

ええ、そりゃ母も姉も一つ庵に住んでおりますわよ。住んではおりますけれど、声を出すのは読経の時だけでね……オホホ……おかしいわね？

ね、こちらへいらっしゃらない？　枯草の匂いのする、気持のよい日だまりがあるの。あたし、時々清水へ水を汲みにゆくふりをしたり、たきぎを拾いにゆくふりをしたりして、そこでぼんやりしているのよ。

オホホホ……世間の噂とは、だいぶ違うでしょう？　おまろさんも、あたし達が姉妹仲よく、これまでのことは水に流して、念仏三昧の日々を送っていると思っていらしたようですわね。ところが、姿は尼でも心は白拍子のまま——そんなことも、みんな聞いていただきたいわ。

さ、この道を下りてゆくの。ほんとに気持のよい日だまりよ。

大丈夫ですってば。相変わらずねえ、おまろさんは。そんなところへ行ったら、尼と密事をしているように見える、とお思いなんでしょうけれども、こんな人里離れたところを、今頃、誰が通るものですか。

それに、そこからは、庵の中の者には見咎められずに、あの竹の編戸のすぐそばへ、登ってゆかれますわよ。ね？ いいところでしょう？ あたしが庵の中へ入ってゆけば、きっと妓王は外へ出て来ます。それから先は、蔭ながらその姿をご覧になっていようと、声をおかけになろうと、おまろさんのお好きなように。あたしは、何も知らないことに致します。

ほら、ここよ。暖かいでしょう。さ、そこへお坐りになって、ね。

おまろさん、ご免なさい。あたしのこと、恨んでらっしゃるでしょう？ あの時、あたしがよけいな使いを出しさえしなければ、妓王から何も聞かされずに済んだのですものね。まさか、姉があんなにまで思い切ったことを言うとは思わなかったから、使いを出したのだけれど――でも、これは言訳けだわ。あたしが悪かったの。妓王の前から逃げるようにして帰られたきり、どこへ行かれたのか、まるでわからないんでしょう、あたし、どうやってあやまろうかと……嘘じゃないのよ。今更何を言うか、とお思いでしょうけれど、あたし、ほんとに気にしていたのよ。ね、堪忍して。

こんなにやつれてしまわれて――

ねえ、もとのご主人のところへは、もうどうしても帰ることは出来ないの？　誰方かにお頼みして、お詫びしていただくわけにはゆかないの？　ねえ、だめなの？そうね、返事など出来るわけがないわね。さんざん、おまろさんを振りまわしておきながら、今更、もとのご主人のところへ帰れだなんて。ご免なさいね。あやまって済むことではないけれど、あたしには、あやまることしか出来ないのよ。

あたし――

あたし、なぜ、あんなことをしたのかしら。おまろさんに恨まれるだろうってことは、わかっていたのよ。しかも、おまろさんに恨まれることが、何より恐しかったのよ。でも、おまろさんが、あんな姉を、入道様に捨てられたと泣きわめいている姉を、天女のように優しい女だと思っているのかと思うと——どうにも自分を押えられなかったのよ。情ないものだわねえ——

その後も、そうだったわ。あたし、尼になんかなりたくなかったのに、髪をおろしたら、尼でもない白拍子でもない、妙な人間が出来る、とわかっていたのに、尼にならずには、いられなかったのよ。

忘れもしないわ、あの日——祈年祭（としごいのまつり）[*2]の翌日よ。入道様のお使いがみえたの。ええ、そりゃ姉は喜びましたわよ。あたしの目を避けて泣いてばかりいたのが、それみたことかという顔で、わざわざあたしの前を通って、お使者に会いにいったんですからね。ところが、西八条殿に参るように、というお使いには違いなかったけれど、仏御前のつれづれを慰める為に、という口上（こうじょう）もついていたの。

いいえ、あの姉が、そんなお使者に素直についてゆくものですか。しくしく泣いているきり、返事さえしないのですもの、お使者は帰ってしまわれたわ。しびれをきらしたのではなく、哀れとお思いになったらしいの。ずいぶん上手な追い返しかただと、お思いにならない？　でも、入道様は、哀れがるどころか、お怒りになってね、また、お使いを寄越（よこ）されたの。姉は、その時も泣き出したけれど、今度は母が恐しがって、参らねば命を召さるるぞ、入道様の仰せには背くまじって、妓王の袖を揺さぶって頼んだものだから、親孝行な妓王としては、牛車に乗らぬわけにはゆかなかったのよ。

もっとも、浄海にも計ろう旨あり、なんて口上を聞かされたので、一人で行くのは恐しくなったんでしょうね。誰か一緒にって、あたしの顔をちらちら見ながら言うのよ。哀れでもあるし、西八条殿で何か起こった時、妓女は姉を見捨てた、などと言われるのも嫌だし、それでは共にと、姉について行ったのだけれど、まあ、ひどい扱われようだったわよ。座敷は下げられる、それを口惜しいと言って泣く姉をご覧遊ばして、入道様はにやにやなさる、あたしでさえ情なかったわ。

姉は、泣く泣く今様を唄いましたわよ。入道様は、わざと姉に唄えって仰言ったんですもの。下手くそで、聞かれたものじゃありませんでしたけどね、それが、かえって皆様の涙を誘ったらしくって――。

それで満足したであろう、と、あたしは思ったのよ。そりゃあ、あたしの見ている前で、あんなに惨めな思いをしたのだから、まだ、心のうちには口惜しさで煮えたぎっているだろうとは思っていましたけれどね。ところが、家へ帰りつくや否や、身を投げて死ぬって言うじゃありませんか。驚いたわよ。でも、それより先に、あたしは、私も共にって叫んでいたわ。ええ、叫んだあとで、自分の口を塞ぐ青い水のことを考えて、ぞおっと致しましたわよ。それでもその時は、薄幸な姉を哀れんで、共に身を投げた美しい妹、という評判が得られるものならば、恐しいなどと言ってはいられないと思ったわ。オホホホ……。母が、五逆罪の何のと騒ぎたてなければ、あたし達はほんとに死んでいたでしょうね。

母は、目を吊りあげて、すさまじい形相で妓王に言ったのよ。未だ死期も来ぬ母に、身を投げさせるは、五逆罪にてやあらんって。母にしたって、娘二人を先立てて、自分だけ生きているわけにもゆかなかったでしょうからね、必死だったのでしょ、きっと。

妓王が、その言葉に頷いた時は、嬉しかったわ。だって、生きているなら、妓王は西八条殿でうけた屈辱と悲しみに耐えているふりをして、引籠っていなければならないじゃありませんか。そこへゆくと、あたしは、もう一度白拍子になってもよかったのよ。いえ、ならなくてはいけなかったのよ。薄幸な姉と母を背負っているんですからね。

世の中というものは、何かにつけてうるさいけれど、こういう時にはよいものよ。たぶん、あたしは、けなげな女として、皆からちやほやされたに違いないと思うわ。

けどね、姉はあたしの顔色を、じっと窺っていたらしいの。あたしもまた、自分で気付かぬうちに、唇の端をほころばせてしまったのかもしれないわ。姉は、わざとらしく目がしらを押えると、尼になるって言い出したんです。

嫌だったわ。大事な大事な髪をおろしてしまうなんて、死ぬより嫌だったわ。でも、どうしようもなかったのよ。姉が身を投げるなら私も、と言ってしまったあとで、尼になるのは嫌です、とも言えないじゃありませんか。

オホホホ……、愚かな女だわねえ——あたしも妓王も。

念仏三昧の日々が、決して楽しいものじゃないということも、白拍子であった日が、懐しくてたまらなくなるだろうということも、みな、よくわかっていたくせに、争って髪をおろしてしまうんですから……。

ね、おまろさん。あたし達、いったいお互いの何に負けまいとしていたのかしら。憎み合うほど争って、いったい何を得ようとしていたのかしら。

京雀達だって、始めのうちこそ、哀れな美しい姉妹の噂を囀っていてくれましたわよ。けど、仏御前がこの庵に住むようになってからというものは、あたし達のことなど、すっかり忘れてしまって、日がな一日、仏御前、仏御前と言っているじゃありませんか。

え？　仏御前？　オホホホ……毎日、あくびばかりしておりますわよ。仏御前も愚かなことをしたものだわねえ。情をかけてくれた妓王を追い出したというので、西八条殿にも居辛かったようだし、白拍子達も、影口をきこそすれ、羨む者はなかったというから、尼にでもなってやれ、と思ったのでしょうけれども——。

ま、どこへいらっしゃるの？　庵への道はこちらよ。

え？　妓王には会わずにお帰りになるの？　そうお——。

もっと早く、そんなお気持になって下されば……いいえ、そんなことを言うのは、虫がよ過ぎるわ。

さようなら、おまろさん。もうお目にかかれないわね。あたし達、朝夕仏前に向かい、花香を供えて、一生を終わります。

さようなら、おまろさん——。

＊1　**檳榔毛車**　牛車のうち、上級貴族が使用するもの。入内する女房や高僧も用いた。檳榔の葉を細かく裂いて車の屋根や周囲をおおっているため、この呼び名がある。
＊2　**祈年祭**　五穀豊穣を祈って毎年旧暦二月に行われる祭事。

十一月の花火

「オール讀物」（文藝春秋）一九九四年一〇月号に掲載。
第二次世界大戦の時代が舞台の自伝的色彩の濃い作品。

雪は夜になってやみ、今日は朝からまぶしいほどの晴天となった。屋根からの雪解け水が雨樋や庇をつたって流れる音も午後には消え、舗道は草履で歩けるほどだったが、市電の停留所の隅などに、黒く汚れた雪がまだ残っている。思ったより、風もつめたかった。芳次郎は、首をちぢめて電車通りを渡った。横丁の角にある鶴ノ湯の塀にも、汚れた雪がこびりついていた。

明けて昭和十七年、米に加えて塩も配給制となり、砂糖、燐寸、炭、医薬品などは、あらかじめ配られる切符で買うことになった。材木、鉄鋼などは軍需産業へまわされて、銭湯が薪に困るようなことも起こるらしい。

先日、芳次郎の仕事場に木片や鉋屑をもらいにきた鶴ノ湯の主人は、「今に親方が、俺んとこの塀を欲しがるようになるぜ」と言って笑った。芳次郎は椅子職人だが、材木がなくなって、板塀をくれと頼むようになるというのである。

笑ってすむ冗談ではなかった。

銀座八丁目の家具店、ひらさわを通じて陸軍関係の仕事が入ってくるからよいようなものの、近くに住む家具職人達は、軒並古い家具の修理をひきうけている。中の一人は、昨日も今日も箪笥を削ったと苦笑いしていた。出征前に――と祝言をあげる若い人達が新しい箪笥を買うことができず、母親の嫁入り道具をきれいにして持ってゆくというのである。

そのうち、どっちの仕事も上がったりとなるかもしれないよと、鶴ノ湯の主人は、大鋸屑までバケツに詰め、リヤカーにのせていった。

いやなことを言って行きやあがって――。

芳次郎は、丸に男の文字を白く染め抜いた暖簾が、まだ中に下がっている入口に顔をしかめてみせた。

銭湯は湯さえ沸かせれば客がくるが、芳次郎への仕事は、いつ途絶えるかわからない。その上、ひらさわからの注文も、「机と椅子をとにかく早く」といった仕事ばかりになっている。

仕事があるだけでも有難いと思ってはいるのだが、芳次郎は時折、人をゆったりと坐らせる椅子を無性につくりたくなった。が、それこそ「贅沢は敵だ」となじられるだろう。第一、材木に余裕がない。余裕ができたのは時間だけで、新入りの職人だった中尾貞二が応召し、芳次郎と息子の洋一郎を含めて四人になった職人が、「とにかく早く」という仕事をひきうけていても、「比島首都マニラ完全に占領」だの「蘭印に敵前上陸」などという文字の躍る新聞を、揃って眺めていられる暇があるのだ。

芳次郎は、鶴ノ湯の塀に貼りついている雪を蹴ってから、その裏の道へ入って行った。

塀のとぎれるあたりの向い側に、『産婆』の看板が出ている家がある。あらい格子のはまった硝子戸を開けると、廊下の向うの障子が開いて、がっしりした体格の女が顔を出した。助産婦の林とめだった。

「あら、高階さんのお祖父ちゃん――」

お祖父ちゃん――という言葉に、玄関へ入りかけた足が一瞬止まったが、とめは気づかなかったらしく、愛嬌のある顔で笑って、隣りの部屋にいるゆう子に声をかけた。

七日前に、ゆう子は女の子をこの助産婦の家で生んだ。

芳次郎が住む界隈では、たいていの家が一階を仕事場にしている。四、五人の家族が二階で暮らしているため、助産婦の家で子供を生むのはめずらしくないのだが、ゆう子が予定日より早く生んだ女の子は、二千グラムをやっと超えるくらいの体重しかなかった。

助産婦の家は、大騒ぎとなった。育つかどうかわからぬと言われて、芳次郎は幾度、この道を往復しただろう。往復しても何の役に立つでもなく、ゆう子のすり泣きと、ゆう子につきそっていた後妻のふみの愚痴を聞いてくるだけだったが、赤ん坊の生命力はたくましかった。

産声すらあげられなかったくせに、哺乳壜のミルクは飲んだというのである。以来、出のわるいゆう子の乳を含ませるとかぼそい声で泣き、哺乳壜のミルクをあたえると、満足そうな顔をして眠ったらしい。あれならもう大丈夫——と、一昨日、家に帰ってきたふみは、寝不足であくびの出る口許を手でおおいながら言った。

「さあ、どうぞ。赤ちゃん、可愛くなりましたよ」

とめが、唐紙を開けて待っていた。

芳次郎は、何となく足音をしのばせて部屋へ上がった。

ゆう子は、長い髪を三編みにして、床の上に座っていた。赤ん坊が無事に育ちそうでほっとしたのか、血色もよくなっている。

先にゆう子の部屋へ入って行ったとめは、ほら——と、赤ん坊をくるんでいる真綿をひろげて見せた。

旺盛な食欲のお蔭で、赤ん坊の顔からは、生れた時にあった老婆のような皺が消えていた。眠っている呼吸までが、深く、大きくなったように思えた。

「洋ちゃんは？」

と、ゆう子が言った。

「あとからくる」

芳次郎は、苦笑しながら答えた。

「ほんとに？」

「ほんとだよ」

今日がお七夜だというのに、洋一郎はまだ、ゆう子にも我が子にも会っていない。育つかどうかと騒いでいた時は、「子供に会ってから死なれたのではたまらない」と強情を張り、ふみに「もう大丈夫」と言われてからは、てれくさそうに「あとで行く」と繰返しているのである。

が、昨日は、暇さえあれば手帳を開いていた。敏郎の話では、何頁かが女の子の名前で埋まっていたというが、それだけでは足りなかったのだろう。雑誌を読みふけっているようなふりをして、夜通し赤ん坊の名前を考えていたらしい。

「もう面倒くさくなっちゃってね」

と、みえすいた嘘を言いながら差し出した半紙には、あまりうまくない字で、『瑠璃子』と『みはる』、それに『晶子』という名前が書かれていた。

芳次郎もふみも『晶子』をとり、いったんはきまりかけたのだが、益吉と敏郎に『瑠璃子』がいいと言われて、洋一郎はまた迷いはじめたようだった。ゆう子の意見も聞くと言っていたが、まだしばらくは顔を見せぬだろう。

芳次郎は、赤ん坊の頬にそっと指を触れてみた。まだ皺の残っている頬はふわふわと頼りなく、それが可愛くて、とめが見ていなかったら、抱き上げて頬ずりをしてやりたかった。

そのとめが、重そうな軀を引きずり上げるようにして立ち上がった。玄関の硝子戸が開いたのだった。

「すみません、高階ですが――」

案内を乞う声がてれていた。洋一郎であった。

洋一郎は、とめに赤ん坊を抱かされて、耳朶まで赤くした。大分、気を昂らせているようだった。
が、抱いているうちに、自分の子だという実感がわいてきたらしい。俺にも抱かせてくれと言う芳次郎にうなずきながら、なかなか渡そうとしなかった。見かねたとめが洋一郎から赤ん坊を奪いとってくれなければ、芳次郎は、いつまでも孫を抱けずにいたかもしれない。

赤ん坊は、芳次郎の腕の中で、乳を吸うように小さな唇（くちびる）を動かした。自分の命が風前の灯（ともしび）であることも知らず、生れたばかりの赤ん坊は、ひたすら唇を動かして、痩（や）せた体内へミルクを送り込んでいたにちがいなかった。

よくやった――と、芳次郎は、孫のたくましさを褒（ほ）めてやりたかった。

「これがいいわ。水晶みたいできれいだし、年齢（とし）をとってもおかしくないし」

と、ゆう子が言っている。名前は『晶子』にきまったようだった。

洋一郎は、半紙を懐（ふところ）に押し込むと、もう一度夕方にくると言い、芳次郎に帰りをせかした。

とめに赤ん坊を渡して、芳次郎も外へ出た。赤ん坊のぬくもりが残っている軀に、風がつめたかった。

洋一郎は、鶴ノ湯の塀の前を早足に歩いている。芳次郎は小走りになって、せわしない奴だと不平を言った。

その目の前に、茶色の封筒が差し出された。差し出している手がかすかに震えていた。

芳次郎は受け取らなかった。中は開けてみなくてもわかっていた。俗に赤紙と呼ばれる、召集令状が入っている筈だった。

「そういうわけさ」

と、洋一郎は言った。落着いているつもりなのだろうが、言葉のはじめがかすれていた。

「お父つぁんが家を出た直後に、区役所の人が届けにきた」

何か言ってやらなければと思った。が、浮かんできたのは区役所の男も言ったにちがいない「おめでとう」と、新聞か雑誌で読んだ「男子の本懐」という二つの言葉だけで、二つとも、言ってやりたい言葉とは程遠かった。とりあえず口を開いたが、それ以外の言葉は、どういうわけか思いつかなかった。

「俺――」

と、芳次郎が言葉を探している間に、洋一郎が口を開いた。

「俺、きっと戦死する」

「ばかやろう。縁起でもねえことを言うな」

顔色の変わったのが、自分でもよくわかった。が、洋一郎はかぶりを振って、額に垂れかかった髪をかきあげた。

「そのかわり、俺の子供が丈夫に育つよ」

「子供を父なし子にする気か、手前は」

「俺は、俺の命とひきかえに子供を助けてくれって、神棚にも仏壇にも祈ってたんだよ」

「俺だって祈った」

「ゆう子だって祈ってるよ、多分。でも、俺は、一番必要のない俺の命をとってくれとお願いしたんだ」

「お前はあの子の父親だぞ。父親が必要のない人間か」

「母親にくらべりゃね」

と、洋一郎は答えた。

「神様も仏様もよく考えてるよ。小さい子にゃ父親より母親の方が必要だし、仕事場にゃ、俺よりお父つぁんの方が必要だ」

「ばかやろう」

叫んだとたんに手が動いた。気がついた時には、洋一郎が左の頰を押えていた。
思いきり、殴りつけたのだった。

「勝手なことを言うな。手前があの子の親なら、俺は手前の親だ」

芳次郎の腕の中で、無心に唇を動かしていた赤ん坊の顔が目の前を通り過ぎた。

あの子にミルクを飲む力をあたえたのがお前だと言うのなら、お前を丈夫な子に生んだのは田鶴と俺だと思った。

あれは、椅子職人としてようやく暮らしてゆけるようになった頃だった。先妻の田鶴が男の子を生み、芳次郎は、その子が丈夫に育ってくれることだけを祈りながら名前を考えた。母親が栄養不良になると、子供も病気をしやすくなると聞いて、安価な椅子を大量につくる仕事をひきうけもした。真冬の深夜に一人、仕事場に坐りつづけ、凍えた指先を思わず口の中へ入れた時、きまって頭に浮かぶのは、丈夫に育った子に木製の玩具をつくってやることや、もっと成長した子と一緒に、縄暖簾をくぐる光景だった。

丈夫になれ、病気をさせまいと育てたことを今更恩に着せるつもりはないが、芳次郎も子供のためには苦労をしたのだ。なのに、下戸に生れついたからといって、一度も居酒屋をつきあわぬうちにあの世へ旅立たれたのでは、親の立つ瀬がない。

「俺だって死にたかねえやい」

　洋一郎がわめいた。

「死にたかないが、一昨日まで俺は、俺の命とひきかえにと神や仏に祈っていたんだぞ。昨日の朝、子供を助けてくれて有難うございますとお礼を言ったら召集令状だ。咄嗟に俺は戦死すると思ったって、しょうがないだろう」

「だが……」

「黙っているつもりだったよ。それをつい興奮して喋っちゃって、……わるいと思ってらあ」

「わるかねえ——」

　ぶっきらぼうに言って口を閉じた芳次郎を見て、洋一郎が歩き出した。芳次郎も、黙って肩をならべた。

　考えてみれば、芳次郎も、丈夫に育ってくれとそれだけを洋一郎に願っていたのだった。あの頃は、木製の玩具をつくってやることを想像しても、椅子職人になれとは思っていなかった。それが、いつから洋一郎は自分のあとを継ぐものと思い込み、漫画家になりたいという望みに顔をしかめるようになったのだろう。

　洋一郎には、画家でも漫画家でも、望み通りの道を歩ませてやった方がよかったのではないか。そう思った。

洋一郎に、椅子職人として目を見張るような腕はない。益吉も敏郎も、誰よりも洋一郎自身が、腕は芳次郎より一段も二段も劣ると思っているにちがいなかった。

漫画家としての腕も似たようなものかもしれないが、それでも、親父にはかなわないと思いながら椅子芳の仕事場に坐っているよりましだろう。少なくとも、「仕事場にゃ、俺よりお父つぁんの方が必要だ」という言葉は出てこなかった筈であった。

洋一郎は、何も言わずに電車通りを渡っていた。

「洋一――」

黒い鼻緒の下駄をはき、交互に前へ進んで行く自分の足が目に映った。

「俺はもう、六十だぜ」

「わかってるよ」

親孝行できなくってと、洋一郎は呟いた。

すまねえ――。

洋一郎も同じ言葉を呟いたようだったが、芳次郎に聞えたのは、自分の声だった。

六十歳までに芳次郎は、宮様の椅子をつくったこともあれば、手放すのが惜しくなるような椅子をつくったこともある。これからもまだ、惚れ惚れとする椅子をつくる自信もあった。が、二十九歳の洋一郎が、戦争へ行かずに六十歳まで生きたとしても、宮様の椅子をつくるような機会に恵まれるとは思えなかった。惚れ惚れとするような椅子をつくる腕前の持主となることも、おそらくは望めないだろう。

が、それがいったい何だというのだ。

歪(ひず)んだ椅子をつくってもいいではないか。坐りにくくて使いものにならぬ椅子ばかりつくって仕事場を潰(つぶ)してしまっても、漫画家になっても絵描きになってもいいではないか。生きていてくれさえすれば。

惚れ込んでいるの何のと言っても、所詮(しょせん)——。

「椅子は椅子じゃねえか」

そこだけが声になって、横を向いていた洋一郎が芳次郎を見た。

「美術館に入るようなのをつくってくれよ」

「椅子は……」

「椅子は腰かけるものだ、飾るものじゃねえってんだろ。わかってるけどさ」

コーヒーパーラーの角を曲がれば、出入口の両側に材木のたてかけてある家が見える。

落着かぬようすで外へ出てきたのは敏郎で、二人に気づいた敏郎は、「帰ってきた」と大声で言った。

仕事場から飛び出してきたのは、ふみと益吉だけではなかった。近くに住んでいる洋一郎の妹の桂子と夫の亮三、それに学校や幼稚園から帰ってきたばかりらしい桂子の娘達もいた。

おめでとう――と洋一郎に駆け寄った桂子の顔も、出征を心底からは喜んでいなかった。無邪気に喜んでいるのは、人の大勢集まったことが嬉しい桂子の娘達だけかもしれなかった。

洋一郎は出征した。

北支へ行くという話だったが、はじめてきた便りを見ると、宛先となる部隊名の上に、仏印派遣軍と書かれていた。仏領印度支那（現在のベトナム）へ向ったらしい。

手紙が出せなかった数ヶ月の間に、言いたいこと尋ねたいことがたまっていたのだろう。軍事郵便と印刷された葉書は、虫眼鏡を持ち出さなければ読めないほど、こまかな字で埋めつくされていた。

それも、宛名こそ高階芳次郎だったが、内容の半分以上は晶子のことだった。病気はせぬか、歯は生えたか、這い這いするかと何行にもわたって尋ね、成長するようすを知りたいから、一月ごとの写真を送ってくれと書いている。子持ちになってもおしゃれを忘れぬようにと言われたゆう子はともかく、健康に留意してくれと言われたふみが、「これじゃ、あたしはつけたりじゃないの」と、唇を尖らせるのもむりはなかった。

芳次郎は、笑いながら仕事場へ降りて行った。洋一郎は芳次郎に、「早くいい材木が手に入れられるよう、戦争に勝つべく努力をする」と書いていた。

材木か——。

芳次郎は、当板の前に腰をおろした。仕事場が明るくなっているのは、家の建直しをしたからではなかった。たてかけている材木が少なくなっているのだった。

洋一郎は、二月はじめに家を出て、まもなく戦地へ向う船に乗った。それからわずか四ヶ月がたった仕事場の変わりようは、洋一郎には想像もつかないだろう。

芳次郎は昨日、はじめて修理の仕事をとった。それも、自分でつくった椅子ではなかった。

益吉は、数日前から、どこの仕事場でつくったのかもわからない洋服簞笥の引出を直している。そのあとの仕事も、机の引出の修理だという。四月の末にひらさわへ机と椅子を納めて以来、仕事が途絶えているのである。

一年や二年は暮らせる蓄えがないではないが、鉋や鑿の刃を研いで一日が過ぎてしまうのはつらかった。粗製濫造の仕事はごめんだと思っていても、「脚がついていりゃいいってえ机でも、つくりたいですねえ」と益吉が言えば、怒るどころか一緒に溜息をついてしまう。

鉋で板を削りたさに、とうとう修理の仕事をひきうけたのだが、意にそまぬ仕事は、空腹を水でごまかしても断っていた若い頃の意地はいったいどこへ行ったのかと、自分で自分が情けなかった。

職人の仕事場は暇でも、電機、重工業と名のつく工場は軍需景気にわいている。「贅沢は敵だ」の標語がかかげられている一方で、好景気の波にのった人達が、花街や料亭で豪遊をしているという噂も耳にした。四十を過ぎたばかりの敏郎は、近頃、妙に落着かず、明日は休ませてくれと言っている。転職の誘いがきたのかもしれなかった。

ゆう子が、晶子をおぶって降りてきた。慰問袋へ入れる、千人針をつくりに行くのだという。

「女は、いそがしくなりましたね」

益吉が、ゆう子を見送って言った。芳次郎は、ほろ苦く笑って修理中のアームに手を伸ばした。

女達は、「生めよ、ふやせよ」と出産を奨励され、配給では足りぬと闇米を地方へ買い出しに行って、防空演習に参加する。東京も四月にはじめて空襲に見舞われたが、その時消火に活躍したのも、もんぺ姿の女達だったという。

「つぶしがききませんね、我々は」

益吉が笑った。益吉は五十五歳になる。十一の時に洋家具職人の弟子となってから、祝言をあげた日と親の葬式以外は、仕事場に坐っていたと話していたこともあった。

芳次郎は、傷のついているアームに鑿を当てた。俺も似たようなものだと思った。

風呂敷にくるんだ大きなボール箱を背負い、汗まみれになって、ふみが帰ってきた。千葉県の片貝というところまで、闇米の買い出しに行ってきたのだった。

闇米のボール箱を放り出すようにおろし、使わなくなった機械へ立ったまま俯（うつぶ）せて、「目がまわる」と言っている。新橋（しんばし）駅から走ってきたらしい。

「だってさ、駅におまわりさんが立っているんだもの。捕（つか）まったら、せっかく買ったお米を取り上げられちゃうし、お向いのお婆ちゃんと、横丁へ飛び込んで走ったわよ」

三十四歳と、芳次郎よりはるかに若いが、二十貫（かん）近くもあるふみに、早く走れるわけがない。口を開け、手ばかり大きく振っているふみを、向いの姑（しゅうとめ）が早く早くとせかしているようすが目に見えるようだった。

芳次郎は、ボール箱を持ち上げた。予想以上に重かった。

二階へはこび上げ、湯呑（ゆの）みに水を汲（く）んで行くと、ふみは意外そうな顔をした。

芳次郎は、黙って当板の前に坐った。仕事はない。修理の仕事はしばらく休むと、ひらさわの主人に断ったばかりだった。

新聞を読んでいた益吉が、鉋の刃の具合を調べはじめた。

益吉の家では先日、娘が買い出しに出かけたという。その帰り道、乗っていた汽車が故障を起こし、混雑と米の重さとで、娘は死ぬような目に遭（あ）ったらしい。信（しん）州（しゅう）で生れ、妻も故郷の人間である益吉は、「信州へ帰れば買い出しなどしなくてもよいのに」と、妻と娘に責め立てられたそうだ。

芳次郎は、買い出しの支度をしているふみに、「一緒にきてくれる?」と顔をのぞき込まれた。冗談のつもりだったらしいが、耳が痛かった。

しかも、ゆう子が「お父つぁんにはむりですよ」と言い、ふみも「足手まといになるだけね」と笑い出した。取締りの警察官に出会った時、芳次郎では、ごまかすことも泣きつくこともできないというのである。「せいぜい稼いで下さいな」と言って、ふみは、まだ夜の明けきらぬうちに家を出て行った。

「さて――」

と、機械から顔を上げたふみが言った。

「赤坂へ行かなくっちゃ」

赤坂には、ふみの父親で指物師の鴻田亥之助がいる。

緑内障を患っていながら医者は嫌いだと強情を張っているのを、数年前、ふみと芳次郎は二人がかりで病院へ連れて行った。即日入院となったのだが、変人の亥之、変亥之の渾名にそむかぬ看護婦泣かせの患者だったようだ。

その上、退院後も医者の注意を守らなかったようで、ここ一、二年は以前より悪化したらしく、始終頭痛に悩まされたあげく、十日ほど前から風邪をこじらせて、床についているのだった。

ふみがつききりで看病していたのだが、あいにく米櫃が空になった。ゆう子が買い出しに行くと言ったが、九ヶ月目の晶子を背負っては行かれない。といって、芳次郎にも一日中子守をする自信はなかった。

やむをえず、看護婦の経験があるという近所の娘に一晩だけ介抱を頼み、今朝、芳次郎の朝食と昼食を用意してから、ゆう子が晶子をおぶって赤坂へ出かけて行ったのである。

「その前に、一休みしようっと」

ふみが、太った軀をななめにして二階へ上がって行った。

役に立たなくなったのが、もう一人いたと、芳次郎は思った。

亥之助には、もう一つ、異名がある。三代亥之といい、左甚五郎以来、三代目の名人だというのである。

亥之助のつくったものには、無論、高い値がついた。が、そのほとんどが亥之助の製品を置いている店の収入となり、価格に無頓着な亥之助の懐へは、さほど流れてゆかなかったらしい。亥之助に直接注文をした客が、店の値札より多少低い価格を言った時、亥之助が驚いて目をむいたという話も残っている。

ただ、それを店との駆引(かけひき)に使えるような男ではなかった。娘のふみの話でも、始終質屋へ通っていたという。職人は、いいものをつくるのが商売だというのである。

その気持は芳次郎にもよくわかったが、時流には合わなかった。亥之助の言うよいものが、贅沢品となったのだった。

亥之助への注文は激減した。減りはしたが、以前からの客が、そっと針箱をつくってくれと頼みにきたり、軍需景気で懐の温かくなった人達が三代亥之の評判を聞いて、硯箱(すずりばこ)や煙草盆(たばこぼん)などを注文にきたりするようなことはあったそうだ。

亥之助一人が食べてゆくくらいは何とかなったとふみは言うのだが、目を患った亥之助の仕事に、以前ほどの冴(さ)えがなくなったのは当然のことだろう。それが一番わかるのは、亥之助自身の筈であった。

つくっては毀(こわ)し、毀してはまたつくって、ともかく客に渡せるようなものが出来上がっているうちはよかった。陸軍関係の仕事をしていた芳次郎の仕事場でさえ、その仕事が途絶えたとたんに材木が手に入らなくなるのである。亥之助と取引している材木屋が、どれほど亥之助の腕に惚れ込んでいようと、材木をまわせるわけがなかった。亥之助の風邪は、仕事のできぬ気鬱(きうつ)が昂(こう)じて、ひいたものかもしれなかった。

「おい」

芳次郎は、ふみを呼びながら二階へ上がって行った。

「鴻田の親方をうちへ連れてきたらどうだ」

買い出しに行った着物を井桁にかけ、長襦袢姿で飴を口へ放り込んでいたふみがふりかえった。

「うちで面倒をみてくれるんですか」

「お前もその方がいいだろう」

「そりゃ、有難いですよ。でも、あの強情っ張りは、飢死したって芝へ行くとは言いませんよ」

「わけもなしに、芝へこいと言ったってだめさ」

敏郎は、近いうちにやめると言っている。益吉も、生れ故郷へ帰ろうと妻や娘にせがまれつづければ、気持が動かぬものでもない。

「淋しくなるからきてもらいたいのだとか何とか、うまく言やあ、親方だって考えるわな」

昔、小僧を住まわせていた階下の小部屋が空いている。しばらくの間、芳次郎がそこで暮らしてもいいし、赤ん坊の泣声がうるさいというのなら、亥之助に移ってもらってもいい。

いずれにしても、役立たずは一つにまとまった方が世話はないと、芳次郎は思った。


昭和十八年五月三十一日、ラジオも新聞も、アッツ島の全将兵が玉砕(ぎょくさい)したことを知らせた。寡兵(かへい)で大軍と戦い、敵の心胆(しんたん)を寒からしめたと言っていたが、言いかえれば、日本の将兵は全滅したのである。

それ以前にも、ガダルカナル島やニューギニアのブナ方面からの撤退が発表されていたが、ラジオも新聞も、任務を完了したためと伝えていた。

洋一郎への宛先は、去年から南方派遣軍に変わり、さらに緬甸(ビルマ)派遣軍に変わっている。変わったことはないかと、ラジオに耳をすまし、目を皿のようにして新聞を読んでいたが、今のところは玉砕や撤退の心配はないようだった。

洋一郎は、よくこれだけ葉書がもらえると思うほど、ひっきりなしに便りを寄越(よこ)した。が、そのほとんどが晶子宛だった。満一歳と四ヶ月あまり、はっきりとした言葉さえ喋れぬ晶子に、漫画を描き、「シャウチャン、コンニチハ」と書き送ってくるのである。ゆう子に宛てたものの中に、「忘れているわけではないよ。でも、ごめん」という一文があり、当人も、多少は気兼ねをしているのかもしれなかった。

漫画のなかには、わずかな間を盗んで書いたと思われる鉛筆描きの、文章には誤字や脱字の目立つものもあったが、多くはペンと赤鉛筆を使って、ビルマ（現在のミャンマー）の婦人達や、街角の風景がいきいきと描かれていた。

ゆう子は、何もわからぬ晶子にその葉書を読んでやり、木箱にためていた。洋一郎が帰ってきた時に、もう一度、読んでやるのだという。洋一郎は生きて帰ってくるものと、信じて疑わぬようだった。

そのゆう子が、もんぺに防空頭巾をかぶり、バケツと縄でつくったはたきのような火叩きを持って、防空演習にふみと連れ立って出て行った。

横丁の塀が燃え出したという想定で訓練をしているらしく、班長となった男の声が聞えてくる。

全員参加が建前で、芳次郎も顔を出すようにと注意されているのだが、大勢での行動は苦手だった。まして肩から救急袋なるものを下げ、女性に混じって水を汲んだバケツの受け渡しや、防空壕に飛び込むなどの訓練をするのである。考えただけでも背筋がむずがゆくなった。

芳次郎は、子守を理由に演習から逃げた。孫がそれほどなついているのかと、班長は疑わしそうな顔をしたが、晶子は、鉋屑をあたえてやると、一人で機嫌よく遊ぶ。

良質の材木はなくなっている上に、仕事は修理ばかりで、自慢できるような鉋屑はあたえてやれず、しかも、うっかりしていると鉋の上に手を出すのであぶなかったが、芳次郎は、ゆう子に小さな座布団をつくらせた。

自分のそれとならべて当板の前に置き、坐らせてやると、晶子は、芳次郎にだけ「じいじ」と聞える言葉を口にして、芳次郎を見上げる。洋一郎似の目が、「あたしも職人」と言っているように思えて、芳次郎は、その顔見たさに修理の仕事をとっているようなものだった。

小さな靴をはいた足の上へ鉋屑をのせてやると、晶子は、「おう、おう」と叫んで笑った。敏郎がやめ、益吉が信州へ出かけている仕事場に、その声はよく響いた。

「ほら、これはきれいだぞ」

薄桃色のを持たせてやろうと、晶子の方へかがんだうしろで、ふみの声がした。

「ちょっとすみませんけど。うちのお父つぁん、帰ってきました?」

「親方が?」

芳次郎は、晶子から顔を上げた。演習を抜けてきたらしいふみが、防空頭巾を頭のうしろへはねのけて立っていた。

「親方は出かけたのか」

「知らなかったんですか」

ふみの声が尖った。

芝へは行かないと強情を張っていたが、それまで何かと面倒をみてくれた隣家の女が、子供をつれて茨城県へ疎開することになり、心細くなっていたのだろう。目が不自由で、何の手伝いもできないが――と言いながら、亥之助はこの家へ越してきた。

案の定、こちらの方が気楽だと、階下の二畳で暮らしはじめたのだが、その小部屋は、機械が邪魔をして、芳次郎のいるところからは見えない。芳次郎の気づかぬうちに、亥之助は裏口から出て行ったのかもしれなかった。

「だが、この近所に親方の行くところがあるかな」

煙草はゆう子が買ってきたし、酒は二階の台所にある。昼間からは飲ませないと、ふみにきつく言われているが、飲みたくなれば「椅子芳の」と芳次郎を呼んで、謎をかける筈だった。

「昨日、言ってたじゃありませんか」

と、ふみが言った。

「お風呂屋で、道具屋さんに会ったって」

そうだった、と芳次郎は思った。

銭湯へは、混まぬうちに芳次郎が連れて行くのだが、昨日はひらさわでの話が長びいて、少し遅くなった。そこで、日影町（ひかげちょう）通りの道具屋に会ったのである。湯槽（ゆぶね）につかっていた道具屋は、カランの前に坐った芳次郎と亥之助に気づかなかったらしい。得意客と思える男へ、声高（こわだか）に話しかけていた。

その話が、先日買い取った道具のことだった。地方へ疎開をしてゆく者が売りたいと言うので、二束三文（にそくさんもん）の値をつけてひきとったが、その中に、三代亥之という変わり者がつくったらしい硯箱があったという。

「ちょいと蓋（ふた）に傷がついていたがね。掘出物よ」

と、道具屋は、その男に硯箱を買うことをすすめた。つけた値は、芳次郎も驚いたほどの安さだった。それでも男は首を横に振った。

亥之助は、カランの湯を浴びただけで外へ出て行った。芳次郎は、あわててあとを追った。高値だと贅沢品として槍玉にあげられるからと芳次郎は言ったのだが、亥之助は、心外でならないようすだった。芳次郎は、懸命になだめた。亥之助も「ご時世だからな」と苦笑し、眉間の皺を消したのだが、それは娘の婿への遠慮だったのかもしれなかった。

「お父つぁんを見て、どこへ行くのって声をかけたんだけど、知らん顔で歩いて行っちゃったんですよ。ゆう子は防空演習の梯子にのぼっていたし、あたしはその下にいて、抜けるに抜けられなくって」

「見てこよう」

芳次郎は、晶子を抱いて立ち上がった。

亥之助の言う道具屋は、家具職人や大工の家がならぶこの一劃を過ぎ、芝明神寄りの日影町通りにある。

つい先日、敵性語であるコーヒーパーラーの看板をはずし、喫茶『若鷲』と名を変えた店の前から道をななめに横切って、日影町通りへ入った。

このあたりでは間口が広く、西洋風な感じがする家が、薬局、眼鏡屋、本屋とつづき、軒の低い和風家屋の道具屋は、本屋の陰に隠れるように建っている。

紺色(こんいろ)の暖簾の中をのぞいたが、誰もいなかった。芳次郎は、店に入って道具屋の主人を呼んだ。

返事は聞えてくるものの、道具屋の主人はなかなか店へ出てこない。苛立(いらだ)った芳次郎が「上がって行くぞ」と声を張り上げると、小柄な主人は、禿(は)げ上がった頭を撫(な)でながらあらわれた。国民服を着ていた。

「着流(きなが)しはいけないってえからさ」

やむをえず身につけたが、自分にも店にも似合わぬので、奥に引っ込んでいるのだという。

大きな声では言えないが――と、まだその話がつづきそうになるのを遮(さえぎ)って、芳次郎は、目の不自由な男がこなかったかと尋ねた。

「来なすったよ」

あっさりと答えが返ってきた。

「どこかで見たお人だと思ったが、そうか、親方んとこの居候(いそうろう)だったんだ」

「居候じゃねえ、女房の父親だ」

「親方がひきとっているんだから、たいした違いはないじゃないか」

「で、どこへ行った」

「さあ」

道具屋の主人は首をかしげた。

「この間、買い取った硯箱を見せてくれと言いなすってね。しばらく底を撫でまわしていたっけが、これをどうすると聞きなすった」

「で、俺の舅はどこへ行ったんだよ」

「だから、知らないよ。これをどうすると聞かれたって、こっちは商売だから買手があれば売る、買手がなければ……」

「どうするんだよ」

「おっかない顔をしなさんな。あのお人もそんな顔をしたけど、七輪がこわれたから新しいのを買おうと言ったって、目の玉の飛び出るほど高いお金を払わなくっちゃならないご時世だよ。あたしんとこで売れるのも、そういったたぐいのものばかりでね、こういうものは、はっきり言って店の場所塞ぎなんだ」

「わかったよ。御託はいいから、変亥之の親方の歩いて行った方向を教えてくれ」

「変亥之？　それじゃあのお人が……」

「女房の父親だよ。さあ、どっちへ行ったんだ」

向う——と、道具屋の主人は、暖簾の外へ出て指さした。家とは反対の方向だった。

「ばかやろう、さっさと教えやがれ」

芳次郎は、抱いていた晶子を道具屋の主人に押しつけた。晶子が火のついたように泣き出して、道具屋の腕の中から芳次郎のあとを追おうとしたがやむをえなかった。母親は防空演習をしていると言って、芳次郎は走り出した。

亥之助は、赤坂へ帰ろうとしているにちがいなかった。

息子に家を飛び出されても、厳し過ぎると弟子達に背を向けられても、黙々とつくりつづけてきた家具が、店の場所塞ぎと言われたのである。赤坂田町の、もううっすらと埃が積もっているかもしれない仕事場に坐って、考えるともなく来し方を考えたくなった気持は手にとるようにわかった。

今は非常時なんだ、親方——と、芳次郎は胸のうちで言った。非常時は、普通の時じゃない。物の価値が逆転することもある。

が、神明宮の前まできても、小柄な亥之助の姿は見当らなかった。

もっと先まで行っちまったのか。

芳次郎は、あたりを見廻した。

芝神明宮の前を通り過ぎて、そのまま歩いてゆけば、浜松町駅から増上寺へ向う大通りへ出る。裏通りの通行はそれほど激しくないが、大通りでは、自動車の往来もある。目の不自由な亥之助が、一人で歩いてよい道ではなかった。

芳次郎は走った。走って、その大通りを渡ろうとしている袢纏に股引姿の男を見つけた。

呼びかけようとした芳次郎の声は、途中でのどの奥にからまった。袢纏に股引の姿は、駅の方向から走ってきたトラックに跳ね飛ばされ、芳次郎の視界から消えた。

亥之助の葬儀は、ひっそりと終えた。

弔問客の中には、どこでその死を知ったのか、亥之助のつくる和家具を贔屓にしていたらしい高名な男達も何人かいて、狭い芳次郎の家には入りきれぬほどだったのだが、焼香をすませるとすぐに帰って行き、親類縁者が夜通し故人の思い出を語りあうこともなかった。芳次郎には、長い焼香の列が、職人が腕を競いあった時代の終りを惜しんでいるようにさえ思えた。

それから間もない七月一日、東京市は東京都となり、つづいてその翌月、ビルマの独立宣言が伝えられた。

日本軍はビルマでうまくやっているらしいと、芳次郎は思った。それかあらぬか洋一郎の晶子に宛てた葉書には、水かけ祭の水を日本兵にかけるビルマの女性と子供や、露店の床屋で髭をそってもらう日本兵の姿が描かれている。おしゃれをしろとゆう子に金を送ってきたり、よちよち歩きの晶子を泣かせる近所の悪童に、「オヂサンハ、オコルトコハイゾ」などと書いてきたり、洋一郎の便りは、よくこれで検閲が通ったと思うほど平和だった。

が、芳次郎の仕事は、ほとんどなくなった。稀に修理の仕事があっても、材木を手に入れるのに苦労する。ひらさわの主人は店仕舞いを考えていると言い、それを聞いたゆう子は、近所のラジオ屋から内職をもらってきた。

芳次郎の仕事は、配給の玄米を一升壜に入れ、はたきの柄でついて米を白くすることと、ふみとゆう子が買い出しに出かけたあとの晶子の子守の二つになった。思い出すまいとしても、芳次郎の脳裡には、亥之助の腕を惜しんで集まった人達の長い焼香の列が浮かんだ。芳次郎が逝く頃には、腕を惜しんで集まってくれる人すらいなくなっているかもしれなかった。

ひさしぶりに鉋を持ったのは、ゆう子にかぼちゃと茄子を植える木箱をつくってもらいたいと頼まれた時だった。食糧不足を少しでも解消しようと、東京では昭和通りの植樹帯が、神奈川県ではゴルフ場が耕されて、茄子や豆、芋などが栽培されていたが、そんな菜園を自分の家の前にもつくりたいと言うのである。

芳次郎は、残っていた板を集めて木箱をつくった。土が入ればいい箱だとわかっているのだが、気がつくと、板の厚みを揃え、底にあける穴の位置を慎重にきめていた。

「お店に納めるような木箱をつくるつもり?」

と、ふみは笑った。むっとして外へ出たが、考えてみれば、ふみがわるいわけではなかった。

雨ざらしになる木箱をつくるのに、名人の腕は必要ないのである。板も、ねじれていようが節だらけであろうが、厚みがあって頑丈ならばいい。

芳次郎は、自分の腕を眺めた。椅子をつくらせたら当代一と言われた腕は、箱の中へ入れる土を芝公園から無断で集めていた。

ゆう子は誰に教わったのか、土の中に食べ物のごみを埋め、やはり公園から集めてきた落葉をその上にまいた。土を肥やしてから、苗を植えるつもりらしかった。

ゆう子が木箱菜園の土壌づくりにはげんでいる頃に、米国は、B29という新型爆撃機を開発したと発表した。新型爆撃機は、対日空襲に使われるという。すでに同盟国のイタリアが無条件降伏し、本土決戦の声も聞かれるようになっていた。が、ラジオも新聞も、「北上中の敵船団を撃滅」「航空母艦一隻、駆逐艦一隻を撃沈」と威勢がよかった。ラジオでは戦勝をつたえる時は「軍艦マーチ」を、悲報を伝える時はもの悲しい「海ゆかば」の旋律を流していたが、耳にするのは前者ばかりだった。

明けて十九年、洋一郎はあいかわらずのんきな便りを寄越していたが、米豪軍がニューギニアのグンビ岬に上陸し、ついで、米軍がマーシャル諸島の二つの島に上陸した。

芳次郎の仕事場がある新橋六丁目でも、疎開をしてゆく者が多くなった。道の真中へ出てあたりを見廻すと、櫛の歯が抜けたように戸の閉まっている家がある。

ついに誰も「若鷲」とは呼ばなかったコーヒーパーラーの一家は静岡へ、向いの刀剣屋は箱根へ、隣りのボール箱屋は群馬の高崎へ、それぞれ妻の実家や親戚を頼って移っていた。

ボール箱屋の主人は、いつでもうちの防空壕を使ってくれと、芳次郎に合鍵を渡して行った。家の中に、防空壕が掘ってあるのだった。

防空壕になど飛び込みたくなかったが、歌舞伎座は閉鎖された。料亭も軒並休業し、残った店は、外食券食堂となった。

気がかりは、洋一郎からの便りが途絶えがちになってきたことだった。買い出しに出かけた農家から分けてもらったかぼちゃと茄子の苗は、木箱の中で細いながらも生長し、その横に立っている晶子の写真を送ったのだが、返事もなかった。

無事でいる筈だと、芳次郎は思った。芳次郎を必要としていた仕事場はもうない。芳次郎の命とひきかえに、洋一郎が長生きをする番なのである。

だがようやく届けられた便りは、宛名が泥にまみれていた。かなり以前に出されたものらしく、漫画は振袖を着た晶子で、一緒に七五三のお祝いをしたいと、かなり急いだらしい文字で書いてあった。それが、洋一郎からの最後の便りだった。

B29が来襲した。六月十六日早朝のことだった。B24と二十機あまりの編隊を組み、北九州にある製鉄所などを爆撃したらしい。ラジオも新聞も、日本側の被害は少なく、敵機の半分近くを撃墜したと発表した。

それでも、疎開を急ぐ者がふえた。七月に入ってから一軒おいた隣りの錻力屋が越して行き、千葉県の成田に嫁いでいるゆう子の姉も、いつでも頼ってこいという手紙を寄越した。

芳次郎は、ゆっくりと階段を降りた。

家の両端を隠していた材木は、一本もなく、舗装された道の照り返しが、硝子戸を開け放したままの仕事場に入ってくる。空襲にそなえ、硝子には紙が十文字に貼られていて、外を見るには鬱陶しかった。

電信柱にとまった蟬が鳴き出した。満二歳を過ぎた晶子は、近所の子供達と神社の境内へとんぼつりに行ったらしい。床屋の息子もラジオ屋の弟も出征して、若い人達の笑い声が聞こえなくなった町内は、どうかすると、誰もいないのではないかと思うほど静まりかえっていることがある。

当板の前に坐って、道具箱を開けた。しばらく使っていない、小さな鉋が入っていた。

大事にしまってある木片を削ってみようかと思ったが、意味もなく削ってはもったいないと考え直して蓋を閉めた。二、三日前も、同じようなことをしているうちに日が暮れた記憶がある。

買い出しに行っているふみとゆう子は、まもなく帰ってくるだろう。神社の境内で遊び呆けている晶子を迎えに行って、銭湯へ連れて行って、今日も一日が終る。芳次郎は、鑿をくるんである布を開き、一本一本を眺めて、また布に包んだ。

「海ゆかば」の旋律を聞いたのは、銭湯からの帰り道だった。薬局のラジオの音が、外に洩れていたのだった。

家に戻ると、ふみとゆう子が、木箱の菜園でとれた茄子の漬物を出すのも忘れて、卓袱台に寄りかかっていた。サイパン島の守備隊が玉砕したのだった。

「ビルマは大丈夫よね」

と、ゆう子が言った。

「きまってるじゃないの」

ふみは、腹立たしそうにゆう子を見た。

「ビルマで敗けたら、東京もお終いよ」

が、それから一月後に、米の特別配給があった。空襲にそなえるものだという。サイパン玉砕が無関係とは思えなかった。不安な日が過ぎた。米の特配があってから約一ヶ月半後に、大宮島(現在のグアム島)、テニアン島の玉砕も伝えられた。日本本土が空襲をうけるのは、避けられそうになかった。

東京に不気味なサイレンが響いたのは、十一月一日だった。マリアナ群島を基地としたB29が来襲したのである。

以来、B29はしばしば東京の上空を侵し、二十四日夜には、二時間にわたって焼夷弾や爆弾を落として行った。

ゆう子が、成田へ行こうと言い出した。

芳次郎はかぶりを振った。材木がなくなっても、仕事場を離れる気は毛頭なかった。

「疎開して下さいよ」

ゆう子は、うらめしげに芳次郎を見た。

「あたし達が空襲で死んじゃっていたら、洋ちゃんが帰ってきた時にどうするんですか」

洋一郎が帰ってくるには、芳次郎の命をひきかえにしなければならない。それは芳次郎の信念のようにもなっていた。それには、洋一郎の戦死より先に、芳次郎が空襲で命を失わねばならないのである。

二十七日夜、B29が再度来襲した時、芳次郎は、女達三人を隣りの防空壕へ追い出して、自分は電燈を消し、燈火管制用の黒い幕を引いて、探照燈の光すら入ってこない真暗闇の仕事場に坐っていた。誰へ向ってかわからないが、「ざまあみろ」と言ってやりたい気分だった。

飛行機の爆音が響き、近くに落ちたらしい爆弾で家が揺れた。小学校の地下室へ避難するらしい人達の足音と、そっちはだめだと叫ぶ男の声が入り混じって聞えてきた。

隣りの防空壕からゆう子が抜け出してきたのは、明け方近く、空襲警報がまだ解除とならない時だった。ゆう子は、探照燈の光を頼りに仕事場へ入ってきて、懐中電燈をつけた。

「怒られるぞ」

と芳次郎が言うと、ゆう子は首をすくめて笑った。

「忘れものをしちゃったの」

「何を忘れたんだ」

「大事なもの」

ゆう子は懐中電燈の明りを軀で隠すようにして二階へ上がって行った。

戻ってきた手許を見ると、三寸近い厚みのものを晶子の洋服でくるんでいた。

「何だい、それは」

ゆう子は、黙って懐中電燈の明りを当ててみせた。ボール紙のようなものが見えた。

芳次郎は顔を近づけた。一番上のボール紙に、振袖を着ている女の子の絵が描かれていた。洋一郎からの葉書であった。

「これならリュックサックの中に入るから」

黙っている芳次郎に、ゆう子は言訳(いいわけ)をするような口調で言った。

「お義父(とう)さんも防空壕へ行ってくれると嬉しいんだけどな」

「いやだよ。爆弾が命中すりゃ、防空壕にいたって仕事場にいたっておんなじだ」

「でも、それなら一家揃って……」

「洋一郎が帰ってきた時に、みんな死んじまっていたら困ると言ったのはお前だろ」

ゆう子は、声を出さずに笑ったようだった。

だが、Ｂ29の空襲はつづいた。

十一月三十日の夜も、寝入りばなをサイレンの音で起こされた。満三歳にならぬ晶子までが、すぐに目を覚(さ)まし、泣きもせずに小さなもんぺへ手を伸ばすのは、見ていて感心するほどだった。

ゆう子は、晶子をふみにあずけて隣りの防空壕へ行かせ、自分は芳次郎の前に坐った。芳次郎が避難すると言うまで、梃子でも動かぬつもりらしかった。

「葉書は避難させたか」

と、芳次郎は言った。

「晶子のリュックサックに入れました」

黒い幕の引き方がぞんざいだったのか、探照燈の光がとぎれとぎれに家の中へ入ってきた。青白い光に、ただでさえ血色のよくないゆう子は、よけい蒼ざめて見えた。

「椅子は、リュックサックにゃ入らねえからなあ」

芳次郎は、口をついて出た自分の言葉にうろたえた。そんなことを言う気はなかった筈だった。

が、言ってしまったあとで、道具屋が二束三文で買ったという亥之助の硯箱が脳裡に浮かんだ。亥之助の硯箱も針箱も、持って逃げるには大き過ぎた。

俺の椅子も、変亥之の親方の硯箱や針箱も、葉書のように持ち出してはもらえない。空襲があれば燃える。

椅子芳の、三代亥之のと言われていたところで、それがいったい何だったのだろう。

「あたしね、お父つぁんが葺いた瓦屋根を、今でも覚えてるんですよ」

芳次郎の胸のうちを見透かしたように、ゆう子が口を開いた。

「あたしのうちですけど。大風が吹いて、隣りのうちの瓦は落ちたのに、うちの屋根は何ともなくってね、あたし、すごく嬉しかった」

「よかったな」

芳次郎は、素気ない口調で言った。ゆう子の顔を、また幕の隙間からの探照燈が照らした。

「あの、たとえばね、どこかの娘さんがおっ母さんを思い出すとするでしょう？で、そのおっ母さんがお針の上手な人だったら、針箱も一緒に目の前に浮かぶと思いません？」

ゆう子の言いたいことがわかってきた。

瓦屋根も針箱も椅子も、葉書のようには持ち出せない。高価な絵画や陶器のように、保管されもしないだろう。が、針箱はいつも母の膝許にあったものとして、椅子は、父がゆったりと寄りかかっていたものとして、いつまでも子供たちの脳裡にやきついているのではないか。

「うちのお父つぁんの瓦屋根だって、もしかしたら、東京中で、あの屋根があたしのうちと思われているかもしれない」

坐りやすいと父親が愛用していた椅子を、その子が『父の椅子』として懐かしく思い出してくれるとしたら、それこそ職人冥利につきる。

「ちょっと、何してるのよ」

金切り声が聞こえた。ふみの声だった。

「焼夷弾を落とされて、すぐそこまで燃えてきてるのよ」

はじかれたように、ゆう子が立ち上がった。幕を寄せて、窓を開ける。探照燈の炎が舞い赤い空が、目の中へ飛び込んできた。

「お義母さんこそ、何やってるの。早く晶子を連れて、防空壕へ飛び込んで」

芳次郎は、晶子を見るつもりで立ち上がった。が、目は空に吸い寄せられた。

赤い空に、それよりもさらに赤く光る火の粉が降っていた。焼夷弾だった。それは、異様に美しい光景であった。焼夷弾は、花火が散ってゆくように、神明宮の木立や赤十字病院の屋根に降りかかっていた。

「学校はもう、あぶないわ」

ゆう子は手早く窓を閉めた。

「お義父さん、駅へ逃げますよ。それから成田へ疎開します。洋ちゃんが戦地であぶない目に遭ってるかもしれないのに、こっちで命を粗末にしたら罰が当るわ」

ゆう子の手が芳次郎の手をとった。一緒に逃げることにきめながら、芳次郎はどこかで、ここで助かっては、反りの合わぬ時代へ足を踏み入れてしまうような気がしていた。

たき火——本所界隈（一）

「文學地帯」（文學地帯社）三三号（一九六九年）に掲載。
舞台は大正時代の本所界隈。瓦職人を父にもつ娘の物語。

横川(よこかわ)沿いに、瓦(かわら)が積み重ねてある。通りを隔(へだ)ててその向かい側に、瓦屋が三軒、並んでいた。

ふと、澄(すみ)は、その瓦を思いきり蹴(け)ったら、どんなに気持がよいだろうかと思った。高く積みあげてある瓦がぐらぐら揺れ、真中あたりから、折れるように崩れ落ち、粉々(こなごな)に砕(くだ)け散る——だが、実際に蹴ったとしたら、瓦はこゆるぎもせず、かわりに駒下駄(こまげた)が真っ二つに割れるかもしれない。

澄は、それとはっきりわかるほど不機嫌(ふきげん)な顔になり、角を曲がった。

どう理屈をつけてみても、気が晴れないのである。自分自身に、しきりと言訳(いいわけ)をして聞かせるのだが、ささくれだった胸のうちは、なかなかもとへ戻らない。

黙っていりゃよかった。と、澄は思った。

いつだって、こうなのだ。怒りにまかせて、何もかも話してしまい、直接関係のなかった人まで怒りに誘いこんだ後で、言わなければよかったと、後悔する。

今日の腹立ちの原因は、芝の伯母、澄の怒りに誘いこまれたのは、浅草の叔母であった。

午砲が鳴ると間もなくに来た芝の伯母は、「お鮨でも」と言う澄を前に座らせて、父の弥吉を散々にけなして帰っていった。

鶴さんて人は、弥吉よりずっと年下じゃないの。それがもう、ちゃんと一軒構えてさ、いい仕事ばかりとってくるっていうじゃないか。え？　笑わせちゃいけないよ。何が名人気質だい。名人気質だの職人気質だのってな、貧乏の言訳ですよ。名人だったら少々頑固だろうが変人だろうが、陸軍大将から観音様まで、屋根のふきかえを頼みにくるわね――。

口惜しかった。

出来るものなら、「なにさ、うちより少々お財布の中があったかいからって」と、啖呵をきってやりたかった。

伯母さんとこは何だい、へろへろ大工じゃないか。金儲けはうまいかしらないが、伯父さんの建てた家など、三年で狂いが出てくるそうだ。そこへいくと、うちのお父つぁんのふいた瓦は、風で飛ばされたことも、雨もりしたこともありゃしない。手で引き抜こうたって、なかなか抜けなかったたってくらいのものだ。貧乏してるのは、運がなかったからだ。

七、八年前は不景気のどん底で、どこの瓦職も、あっぷあっぷしていた。それが浮びあがれたのは、大正六年、つまり四年前に大風が吹き、このあたりは大水になったからだけど、その時、うちのお父つぁんは、盲腸で寝込んでいた。瓦職が足りない足りないと騒がれている真最中に、腕のいいお父つぁんがよ。おっ母さんがあの水の中を、たくあん売って歩いたのは、伯母さんだって知ってるじゃないの。あの時が、貧乏と縁が切れるかどうかの境目だった——。

考えれば考えるほど、腹が立った。しかし流石に〝親類同様〟のつきあいをしている、隣りの小母さんにも、この腹立たしさを吐き出すのは、原因が伯母だけにはばかられて、浅草の叔母の家へ行ったのであった。

が——

浅草へ行ったのは間違いであった、と、気持の落着いた今になってみれば、そう思う。

浅草の叔母——ひいては、近頃、姉のふさ代に対して妙な敵意を抱いている。人のよいばかりが取得の夫に、いつもじれったい思いをさせられているのが、商売に関してては、まったく抜目のない夫を持った姉に、敵意を抱かせたのかもしれないが、弥吉や澄の顔さえ見れば、「芝の姉さんもねえ。昔はよかったけど、金まわりがよくなると、人間、偉くなっちまうからね」と、皮肉な調子で語りかけるのである。

そんなところへ澄は、「職人気質は貧乏の言訳」だとか、「若い娘に、こんな着物しか着せてやれない」とか、自分が最も腹の立った部分だけを、誇張(こちょう)して話してしまった。

ひでは怒った。怒って「もう姉さんとはつきあえない」とまで言った。

その途端に、澄の心はひんやり落着いた。

落着いてみれば、ふさ代の言うことにも、一理あることがわかるのである。

こんなチャチな仕事が出来るかと、せっかく来た仕事を断ったり、自分の言い分が通らないからと、そっぽを向いてしまったり、これでは確かに来る仕事も来なくなってしまうだろう。何が名人だ、たった一人の娘に、ろくな着物も着せてやれないでと、ふさ代が言いたくなるのも無理はない。

そう考えてみれば、響きの強い言葉で喋(しゃべ)ったのは、澄可愛(かわい)さから、つい言いつのってしまったのだろうし、帰りがけ、玄関先で見せた笑顔には、謝罪の意味も含まれていたのだろう。

あの時、ふさ代は、「たまには、伯父(おじ)さんにも顔を見せてやっておくれよ」と言った。

澄は、伯母が哀れになった。

ひでも、その弟の正次郎も、ふさ代を快く思っていない。ふさ代は子供がないので、姪や甥達に、よく小遣をくれたりするのだが、その時にも「こぎれいななりをしておいでよ。若いんだからね」という言葉を添える。悪意がないにもせよ、それを耳にした親達が、不愉快になるのは当然であった。

そんなことから正次郎は、今年の正月は芝の家へは行かなかったという。続いてひでが、往き来をやめてしまったら——、ふさ代は、貧乏すると、ひがみ根性が強くなるからいやだと、肩をそびやかすかもしれない。

しかし、臆病そうな笑みを浮かべて、「伯父さんに顔を見せに来ておくれよ」と言う一面も持ち合わせているのである。これから先、年をとるに従って、ますます意地を張ることが多くなるだろうが、子供がいないことでもあり、内心の淋しさは、どうすることも出来ないだろう。

そう思った時は、もう遅かった。

ひでは、「今更兄さんの頑固を直せたって、直せるわけがない」と、まくしたてていた。「伯母さんにしてみれば、黙って見ていられないんだろうけど」

と、急に弱腰になった、澄の様子にも気付かない。

「そりゃね、黙って見ていられない気持はわかるさ。あたしだって、あんちきしょう、馬鹿だなって思うことが、ずいぶんあるんだから。けどね、それならなぜ、当人に言わないんだよ。十六やそこらの娘にごてごて文句を並べてさ。いい年して、親の悪口を聞かされる娘の気持がどんなものか、わからないのかね」

「直接お父つぁんに意見するより、あたしから意見させた方が、効目があると思ったんでしょ」

「どうだかね。親身な人間なら、娘に親の悪口を聞かせるたあ、思えないね」

ええい、もう、なるようになれ。

澄は、足許の小石を、どぶの中へ蹴落とした。いつの間にか、自分の家の前に立っている。

嘘をついたわけではなし、あたしが、くよくよ考えこむことはない。家へ来るなり、どぶの臭いがするの、根太が抜けそうだのと、憎らしい口をきいた、芝の伯母さんが悪いのだ。そう思わなければ、落着いて夕食の仕度も出来はしない。

澄は、威勢よく玄関の戸を開けた。時計が五時を打っている。思いのほか、浅草に長居をしたようであった。

「さあ、大変だ」

間もなく弥吉の帰ってくる時刻である。澄は、袂からたすきを出し、部屋を素通りして、台所へ降りた。

水がめが空になっている。ふさ代が帰ったあと、茶碗を洗っているうちに、どうにも腹立たしさを押えきれなくなり、そのまま、浅草へ出かけてしまったのだった。

澄は、突当りの共同水道まで、走っていった。が、そこまで行って、水道の鍵を忘れてきたことに気付いた。あたりを見廻したが、あいにく、誰も水を汲みにくる様子はない。

「ちゃっ」

澄は舌打ちした。今日は、悪日かもしれない。

バケツを放り出すように置いて、家へ駆け戻った澄は、片方だけ下駄を脱いで、上へあがった。流しの上の棚まで、片足で跳んでいったのだが、いつもそこに置いてある筈の鍵は見当らない。味噌や塩の入ったかめと、癇症に磨かれた鉄鍋とが、しんと静まりかえって並んでいるだけであった。

「ちゃっ」

いよいよ今日は、さんりんぼうの仏滅ときまった。澄は、片足跳びで土間へ戻り、もう一方の下駄も脱いだ。部屋へ入って茶箪笥の中を探さねばならない。

茶箪笥の中にも入っていず、どうしたわけか、長火鉢の引出しの中に入っていたのを、ようやく見つけて表へ出ると、淡い藍色の夕闇が、もう、すっぽりと露地をつつんでいた。

「遅いね、澄ちゃん」

すれちがった隣りの小母さんが、声をかける。澄は、返事もそこそこに、水道端へ飛んで行った。弥吉が帰る前に、食事の仕度をしておかなかったことは、これまで一度もありはしない。

澄は、鍵を思いきりひねった。勢よく水がほとばしり出る、それさえも焦れったく、後をふりむくと、弥吉が家の前に立っていた。弥吉は、台所の戸を開けて、澄を待っている。

「お帰んなさい。御飯、まだなのよ」

と、澄は、露地中に響くような大声で言った。弥吉は、かすかに頷いてみせた。

「お父つぁん、ひとり?」

人の姿を隠してしまうほど、夕闇が濃いわけでもないのに、澄は尋ねてみる。

「ん」と、弥吉は聞えるか聞えぬくらいの短かい返事をした。その表情は、深い皺に隠されてしまい、何をどう感じたのか、澄にはわからなかった。

弥吉は、早く入れと、身ぶりで澄をせきたてた。澄が、水をはねかしながら中へ入ると、弥吉は、静かに、たてつけの悪い戸を閉めた。


五月に入ってから、しばらく雨が降り続いた。

弥吉は、所在なさそうに煙草をふかしては、煙管の掃除をした。筋ばった手で、器用にこよりを拵え、羅宇を通す。こよりを抜き出して、紙の上に並べると、部屋中に、やにのにおいが広がった。

日が暮れると、近くの講釈場へ出かけて行く。講談は、弥吉の唯一の娯楽であった。

賭事は、碁、将棋に至るまで、腰が重くなるからという理由で嫌い、寄席も、落語はいいが、いろものが嫌だと言う。あんなでれでれしたものは、男の聞くものじゃねえ、というのが、弥吉の持論であった。

そう思うのは当人の勝手だが、それを他人にまで押しつけるから困る、と、澄は思う。近くに住む瓦職と、とかくそりが合わないのも、先方が酒と寄席を、大きな楽しみにしているからであった。

芝の伯母さんの言う通り、手に負えない頑固者だ。と、澄は苦笑した。梅雨という、厄介なものを控えて、仕事に精を出して欲しい五月に、この雨である。こうしたこともあるとは、長い間の職人暮らしで、充分承知している筈なのに、それではその分を、晴天続きの四月に稼いでおこう、という気にはなってくれない。

気に入らぬ仕事は、どうしても気に入らずさっさと家へ帰ってきてしまったりする。雨が三日も降れば泣く瓦屋である。澄は心細くてならないのだが、我を張り通して仕事を断った本人は、のんきそうに煙管の掃除をしている。金がなくなれば、澄が、どこからか都合してくるとでも思っているようであった。

心細いといえば、あの人、どうしてるかしらと、澄は思った。

職人のうちが心細いのだから、手元（手伝いのこと）のあの人は、心細いのを通りこしているだろう。阿波屋へ泊っていられるだけのお金は持っているのかしら。夕飯に呼んであげてもよいが、仕事がなくて困っているだろうというだけの親切を、父に誤解されても困る。

澄は、そっと父の様子を窺った。

あれは、二月に入ったばかりの、風の強い寒い朝であった。

澄は、父の弁当に箸を入れ忘れたことに気付いて、後を追って行った。

弥吉は、木賃宿の前にたむろしている、〝たちんぼ〟と呼ばれる男達の中から、一人を選んで仕事に連れてゆく。今日の仕事はどこと、はっきり聞いてはいなかったが、木賃宿――阿波屋の前へ行くことだけは間違いなかった。

が、どこでどう行き違いになったものか、阿波屋の近くまで来ても、父の姿が見えないのである。そう遠くへ行ってない筈なのにと澄は、あたりを見廻した。今来た道には人影がなく、阿波屋の前ではたき火をしているのか、白い煙が右へ折れ、左へ折れ、それを避ける人影が、幾つも動いていた。

どうしよう。ひきかえそうか。

阿波屋の前の男達は、若い娘が通るのを見れば、卑猥な言葉を投げつけ、はやしたてるに違いない。帰ろう――と思ったが、煙の向こうで、小柄な人影の動くのが見えた。

お父つぁんかもしれない――。

澄は、凍てついた道を、駒下駄の音を高く響かせながら走っていった。

カーキ色のズボンをはいた男がいる。汚れた天竺のシャツの上に、絆纏をひっかけた男がいる。澄は、その脇を走りぬけようとした。その時、急に風の向きが変わり、向い煙は澄をめがけて押寄せてきた。

たき火に背を向けて咳こみながら、澄は、誰かがこちらへ来るのを見たような気がした。澄は、片手で目を押え、片手で箸を差し出した。

が、その男は、弥吉ではなかった。

「親方が、どうかしたんですか」という声に驚いて顔をあげると、涙のにじむ目に、ぼうと、背の高い男の輪郭が浮かびあがった。

澄は、思わず身構えた。いざ、という時には、男の向脛を蹴ってやろうと思った。そして、一目散に逃げ出すのだ。

しかし、男の声は穏かであった。

「お嬢さん、瓦師の……」

「そうだけど、あんたは?」

「いつも仕事に連れていって貰ってます。——あの、親方の工合でも悪くなったんですか?」

「とんでもない。あたしはお父つぁんを追っかけてきたのよ。どこで追い越しちゃったんだろ」

そう言いながら澄は、ようやく涙のおさまった目で、遠慮なく男を眺めた。

い。

泥にまみれたズボンの上にゲートルを巻き、裄丈の合わぬ絆纏をひっかけている。実直そうに前で組合わせた手には、あかぎれがきれているし、絆纏からのぞくシャツの袖口も垢じみている。だが、

「血相変えて走ってくるから、急病かと思った」と言って笑った男の顔は、さわやかな感じであった。

「親方は、いつも近道を通ってくるんですよ、それを追い越しちまうなんて──。ほら、あそこに見えた」

男は手をあげて、澄の後方を指さした。

ふりむくと、百メートルばかり向こうを、小柄な男が歩いてくる。膝を曲げた、特徴のある歩き方は、確かに弥吉であった。

澄は、もう一度、遠慮なく男を眺めた。

「どうもありがと。これは、帰る途中で渡すことにするわ。でも、あたしのこと、何で知ってるの？」

男は、さわやかに笑った。

「だって、お嬢さん。親方の帰りが遅いと、露地の入口へ出て待ってるじゃありま

せんか」

お嬢さんだって――

澄は、そっと唇をほころばせた。

あたし、初めてだわ、お嬢さんなんて呼ばれたのは。

義一、というその男の名前を聞き出すのに、澄は、どれほど骨を折ったことか。

あの朝、箸を渡しながら、誰？　と聞いてしまえばよいものを、なぜか躊躇われて、今夜にしようと延ばしてしまった。夜になってみると、尚更聞きにくく良い機会を見つけてと思っているうちに、ますます言い出しにくくなって、浅草の叔母から聞いた職人の話にことよせて、その名前を聞き出した時には、肩の荷をおろしたような気持になったものだ。口の重い弥吉が、その時珍しく、「お前のことを韋駄天だと言ってたぞ」とつけ加えたのを、澄は覚えている。その言葉に飛びついて、澄は、義一に関する断片的なことを聞き出したのであった。

瓦職の息子だったこと、――これは、はっきりしていた。中学に通ったことがあるらしいこと、どうも妻を持ったことがあるらしいこと、阿波屋に住む連中からは、敬遠されているらしいこと……。

ずいぶん弥吉は骨を折って喋ってくれたのだが、数えあげてみれば、それだけだった。もっとも、あの弥吉が、人の過去を穿鑿したがるわけもなく、よほどお喋りな男でなければ、黙りこくっている弥吉に、どれだけ自分が苦労をしたか、どれほど自分が哀れな男であるかなどと、話せるものではない。義一も話せば有利になることだけを、弥吉に告げたのであろう。

それにしても、手元を義一と限ってから半年以上になるというのに、弥吉は義一の苗字さえ知らない。苗字なんか要らねえ、俺の要るのは真面目な奴だ、というのである。女同士のつきあいであれば、半年たたぬうちに生まれはどこで、兄妹達はどこで何をしてるまで、お互いに知ってしまうが、男とはそうしたものなのだろうか。

澄は、やはり義一の苗字を知りたい。瓦職の息子だけあって、腕は確かだという男が、なぜ木賃宿を家としているのか、なぜ、たき火にあたりながら仕事を待っているのか、その理由を知りたい。

仮に妻と離別したとしても、それだけのことで自暴自棄になるような男とは、どうしても澄には見えないのである。

汚れたゲートルをまいた義一が、たき火の白い煙につつまれると、粋な若旦那になって現われる――。そんなことにならないかな、と、澄はふと思った。もし、粋な若旦那になって現われたらどうするか。お嫁にゆきたいと思うだろうか。

思やしないわ。

澄は、あわてて心に浮かんだ問いを打ち消した。たちんぼの義一は嫌だが、粋な若旦那の義一は好きだ、そう思いそうになるのが、たまらなく不愉快であった。

「おい」

珍しく、弥吉が声をかけた。

「え？」

澄は、はっと我にかえった。

弥吉は、ふりかえりもせずに、「混んでくるぞ」と言う。早く銭湯へ行けというのだった。

澄は、縫いかけの浴衣をたたんで部屋の隅に寄せた。近頃は縫物が少しもはかどらない。いつの間にか、雨を眺めたり、壁を眺めたりしている。そんな時間は、意外に早くたってしまうものだ。

澄は風呂へ行く仕度をして表へ出た。

飽きもせずによく降る。梅雨のように粘りを感じさせる細い雨だった。

銭湯は空いていた。突き刺すように熱い湯に、さっと入る。

セルの着物を裾短かに着て、少し暑いが、きゅっと帯をしめた。と、番台へ釣銭を受け取りにいった客が、澄へちらりと視線を走らせ、「どこの？」と番台に尋ねていた。

「ほら、裏のかわらやの……」

「じゃ、お秋さんの？」

「そう」

「あの子が？　もうそんなになるのかしらねえ」

「お秋さんは、大水の翌年に逝ったんだから――もう、あしかけ四年だもの」

「四年ねえ。ちょいとの間に、いい娘になるもんだわねえ」

「ちょいとの間でもないでしょう？　四十二は四十六だから」

「まったくだ」

澄は、二人の会話を聞き流して外へ出た。母が逝った時は十三才だったが、その頃に比べて特別成長したとも思えない。自分では、母が寝ついた時に、ぐんと大人になったのだと思っている。母が寝ついてしまうと、貧しいなりに一人娘で甘やかされていた澄は、家計のやりくりから、質屋通いまでやらねばならなくなった。家事については、弥吉はまったく頼りにならず、財布が空になったといっては母の枕元に行き、質屋が望むだけの金を貸してくれないといっては、寝ている母に交渉の仕方を教わりにいった。大人になったのはその時で、母が死んだ時は、もう一人前だったのに、と、澄は思った。

が、傘をさそうとすると、湯上りの肌が、ふと、匂った。澄は、傘をそのままにして、あごを衿の中に埋めた。沈丁花に似た匂いがする。そういえば、母の死んだ頃は、こんな匂いはしなかった。

高下駄を、わざとひきずって歩いてきた若い男が、そんな澄を見て、「よう」とひやかして行く。澄は、急いで傘をひらいた。

「何がよう、だい。おったんちん」

小さな声で悪態をついたが、その威勢のよい言葉とはうらはらに、耳のあたりが火照ってくる。傘を傾けて走り出すと、思いもかけぬ人に出会った。

「あら」

澄は、全身の血が頭へのぼったような気がした。

義一は、微笑を含んでていねいに頭をさげている。それへ、いい加減な挨拶を返すと、澄は、はねのあがるのもかまわずに走った。

義一が傘をさしていなかったのに気付いたのは、家へ帰りついて後、しばらくたってからのことであった。

その時澄は、台所にいた。悪いことをしたと思うと、いても立ってもいられず、庖丁を放り出して弥吉の前へ座った。

「ねえ、お父つぁん。さっきそこで義一さんに会ったんだけど」

「ん？」

「傘なしで歩いていたのに、あたし、知らん顔で帰ってきちゃった。悪いことしたわ」

弥吉は、急に立ちあがった。

「どこへ行くの？」

驚いて尋ねる澄には答えず、ぼそりと「めし、あるか」と言う。

「あるわよ。何で？」

「義一を連れてくる」

「義一さんを？」

澄は、玄関へ出てゆく弥吉の後を追った。

「急に連れてくるなんて。困っちゃうわ。おかず、どうしよう」

「お前の仕事じゃねえか」

言い捨てて出かけようとする弥吉を、澄は大声で呼びとめた。戻ってきた弥吉の番傘が、雨にぱらぱらと鳴っている。

「傘。もう一本なくっちゃ困るでしょ」

「――」

「それからね、さっきは済いませんでしたって、そう言っといて、ね?」

弥吉は黙って傘を受け取った。

その後姿を見送っているうちに、澄は、爪先（つまさき）まで締めつけられるような息苦しさを感じた。

義一が来る――。

嫌だわ、そんなんじゃないと、澄は、強く否定した。

が、息苦しさは直らない。庖丁を握る手許（てもと）も狂って、中指を傷つけてしまった。繃帯（ほうたい）をまけば料理下手（べた）と思われそうだし、それに、そうだ、この前掛け汚れ過ぎている。

間もなく、弥吉は義一を連れてきた。

義一は、澄の傘をさしていた。

玄関まで出迎えにいった澄に、義一は「どうも――」と口ごもった。さわやかだった筈の笑顔も、どこか、ぎごちない。

澄は、弥吉が義一の気を悪くするようなことを言ったのだろうかと、心配になった。弥吉は口数が少な過ぎるから、とかく誤解を招きやすい。「夕めしを一緒に食おう」とでも、言っていればよいのだが。

澄は、「呼びに行ったって、何にもありゃしないんですよ」と愛想よく言って、さ、どうぞ、と隅へ退いた。

会釈して、義一が澄の前を通り過ぎる。

「あ、」

澄は、思わず息をつめた。

異様な臭いが鼻をついたのである。

それは、まぎれもなく、義一の身体にしみついた、古い汗と埃の臭いであった。


あれから、澄は二度、義一に会った。

一度は、あの翌日、再び弥吉が夕食に呼んだのであり、もう一度は、やはり雨の日に、魚屋へ行く途中、ばったり出会ったのであった。

義一は何冊かの本を抱えていた。

買ってきたのかと尋ねると、売りに行くところだと言う。手間がちょっと多く入ると、余計な物と承知しながら、つい、手を出しちまうんですが、こういう時に重宝しますと、義一は苦笑した。

「うちへ来ればいいのに」

と、澄は言った。

「そら、上等な物はないけど、お腹の足しになる物ぐらい、いつだってあるわよ」

どうせ魚屋へ行く途中だ、お刺身をおごってもいい、と澄は思った。

が、義一は首を振った。

「どうして？　うちの御飯、そんなにまずかないわよ。雑木で炊くと、お父つぁん嫌がるから」

「とんでもない。お嬢さんの炊いた御飯は、ふっくらとして美味しかった」

「だったら食べに来たらいいじゃないの」

「お気持は有難いんです。でもね——」

と、口ごもる。

しまいに澄は癪にさわって、「この強情っ張り」と目をむいた。

義一は真顔で、「とんでもない。違いますよ、そらあ」と言う。澄は、げらげら笑い出した。

「強情っ張りなら、もう少し、何とかなっていました。――馬鹿なんですよ、食えもしないくせに、本を買う奴ですからね」

いやみではなく、さらりと言った。

「だって、中学出てるんだもの、本ぐらい読みたくなるでしょう?」

「いやあ」

義一は頭をかいた。

「誰がそんなこと言ったのかなあ。ええ、まあ、いくことはいきましたがね、途中でやめさせられましたよ。なまじ学問があると、ハンチクな野郎が出来るって、そう親爺が強情を張りましてね」

お蔭で尚更ハンチクな野郎が出来上りましたと、義一は笑った。

じゃ、これで、と、足早に行きかけるのを、澄は思わず呼びとめた。

「え?」とふりかえるのに、別に用事もなく咄嗟に、この本はどれ位の値で売れるのかと尋ねた。さて、と首をかしげた横顔が、学校の先生より賢こそうだった、と澄は思っている。

中学中退――

澄の親類の中では、学歴のある方である。十一才か十二才で小僧にいったという人が多く、弥吉も小学校を五年でやめている。今、結婚話の持ちあがっている従姉のかつ子の相手も、中学までいった人ではあるまい。

ただ、澄は、中学出の秀才で、本当は偉い人だと思っていた義一が、親に言われると、あっさり中退してしまう、弱さのある人間であったのが不満であった。

そのかつ子の結婚がきまったことを、ひでが知らせに来たのは、夜も八時を過ぎてからであった。「早く知らせた方がいいと思って。昼間じゃ兄さんがいないし――」と、ひでは嬉しそうに弁解した。

かつ子は、芝の指物師へ嫁ぐのだという。ほら、やっぱり職人だと、澄はひそかに思った。

ところが、話を聞いているうちに、職人は職人でも、超一流の職人のもとへ嫁ぐのだとわかってきた。澄の心は落着かない。ろくに返事もしない弥吉にかわって、相槌をうっていたのが、うわの空となり、「よかったわねえ、かっちゃん」と言った声は、自分でもそれとわかるほど、うわずっていた。

ひでの話によると、芝に変留という指物の名人がいた。これには弥吉も頷いているから、仲人口の名人ではないのだろう。かつ子の相手は、その変留こと、竜崎留五郎の三男、留三であった。一流好みの人間なら、家具は必ず変留の作った物、と言われたほどの親に見込まれて、後を継いだ男だから、腕は確かであり、その上、変人だった親と違って、商才にもたけている。富裕な実業家や、著名人の贔屓をそっくり引継いだ他に、高級品ばかりを扱っているデパートの家具を、一手に引受けるようになった。無論、今では何人もの職人を使ってい、暮らしむきの方は、まったく心配ない。変人の留五郎は、去年の暮に亡くなっていて、「ほんとに姉さんは、いい人を見つけてくれた」と、ひでは、ふた月ほど前「もうつきあわない」などといきまいたことも忘れて上機嫌だった。

「あら、芝の伯母さんのお世話なの」

澄は、思わず言った。

「ああ。この次は、澄ちゃんの番だろ」

ひでは、けろりとしている。

弥吉に向かって、銘仙がいくら、紬がいくらと、持たせてやりたい着物の計算をして、うちはあんな人間で、かつ子の縁談が決まっても喜ぶだけ、金の才覚は出来やしないんだから、と、最後は愚痴になった。

澄は、相槌を打つのが億劫になった。叔母から視線をはずし、汚れてもいない、ちゃぶ台の縁を、布巾で丹念に拭いた。弥吉は、終始むっつりと、煙管を噛んでいる。

ひでが、ふっと口を閉じると、妙な空白が出来た。

ひでは、澄が目をあげるのを根気よく待っていて、「ね?」と相槌を引き出そうとする。澄は、ひでが何を言っていたのかもわからず、含み笑いをすると、また、俯向いた。

ひでは、ここらが引上げ時と思ったのだろう、冷えた茶に、ちょっと口をつけると立ちあがった。

「ごちそうさま。夜分にとんだ邪魔をしちまったね」

「あら。今、熱いのをいれたのに」

「いいよ、また昼間来た時に、ゆっくり飲ませて貰うよ」

言いながら、ひでは顎をしゃくってみせた。一緒に表へ出ろ、というのだった。

澄は、目で承知したと伝えた。

玄関の戸に手をかけて、そっとふりかえると、開け放ってある障子の向こう側で、弥吉は、はいふきを叩いていた。澄が覗いているとも知らず、煙管を吹いては、はいふきを叩く。弥吉にとって気がかりなことは、煙管がつまっていることだけのようであった。

澄は、ため息をついて、叔母の後を追った。台所に、まだ灯りのついている家が多く、露地は、ぼうと明るい。

ひでは、灯りを避けて、露地の角で待っていた。快い風が、露地を吹き抜けてゆく。角の家の風鈴が、せわしなく鳴った。

「なあに？　叔母さん」

ひでは、ちょっとあたりを見廻してから、口を開いた。

「お前、気易くしてる男がいるんだって？」

「気易くしてる男？　誰がそんなこと言ったの」

「くに子。うちのくに子が見たって言うんだよ。にこにこ、にやにや、ずいぶん嬉しそうに話してたそうじゃないか。嬉しそうなのは結構だけど、男の風態がよくなかったってんで、心配してるんだよ。誰なのさ、いったい」

あ、と、声をたてそうになるのを、やっと耐えた。

くに子が見ていたのか。とすると、もうかつ子も知っているに違いない。いや、芝の伯母の耳にさえ、入っているかもしれない。

「え？　誰なの？」

「義一さん。お父つぁんの手元……」

「やだねえ。手元たってお前、兄さんのはたちんぼじゃないか。堅気（かたぎ）の娘が、そんな男と往来で、げらげら笑ったりするんじゃないよ」

澄は、興奮していた。考えるより先に、言葉がぽんぽん飛出してきた。

「げらげら笑ったりなんかしないわよ。ばったり出くわして、向こうが挨拶すりゃ、こっちだって頭を下げて、こんにちはの一つも言わなくちゃならないじゃないの。それだけのことなのにさ……ええ、そりゃお互いに顔ぐらいは知ってるわ。だって、お父つぁんの帰りが遅いと、あたし、ここまで迎えに来てるもの。それを、にこにこ、にやにやだなんて、変な人ね、くにちゃんは」

息をはずませている。ひでは、おかしいのを耐えて、

「それならいいんだよ。別に、くに子だって、澄ちゃんとあの男がどうのこうのって言ったわけじゃないんだから。まあ、そんなにむくれなさんな」

やんわり、澄を押えようとした。

「どうのこうのだなんて、やだわ。叔母さん、くにちゃんに言っといてよ。あんまりいい加減なことを喋らないでって」

「あいよ、わかったよ」

ひでは、ほつれ毛を指先でかきあげた。

あたしの言ってることなんか、聞いちゃいない、と澄は思った。

「ねえ、叔母さん。ほんとに言っといてよ」

語気を強めて言いながら、鈍く澱んでいる頭のどこかで、なぜ、こんなに興奮するのだろうと思った。

あたしは義一さんが……。

澄は、ぶるっと身体をふるわせた。

とうとう、考えなくちゃならない。あたしは、義一さんが好きなのに、人に、あたしが義一さんを好いていると思われたくない、それは、なぜなのか。

あたし、こんなこと考えたくなかった。

あたしは、義一さんが好きで好きでたまらないのに、義一さんが、汚れたゲートルをまき、いやな臭いをさせて阿波屋に住んでいるので、誰にも言えないんだ。お父つぁんの頑固さえ、散々になじった芝の伯母さんから、たちんぼなんかの嫁になってと、目を三角にして言われるのが恐いんだ。だから、義一さんが中学へいっていたと聞くと、一つ言い返す種が出来たとほっとして、かつ子が変留の店へ嫁にいくと聞くと、義一さんじゃ、横川沿いの瓦屋に出入して、仕事をわけて貰うのが、精いっぱいじゃなかろうかと情なくなる。好きだったら、何を言われてもいいじゃないか。お父つぁんの悪口を言われた時のように、金儲けばかりうまいへろへろ大工なんか、何だいと、そう言ってやれあいいじゃないか。あたしは、貧乏してても腕のいい職人の方が偉いと思ってた。お父つぁんを、自慢にさえしてた筈だ。義一さんだって、腕は悪かねえと、お父つぁんが折紙つけてくれたんだもの、腕で来いって言ってやれあいいんだ。

それが出来ないのは、本当は、お金持が羨しいからだ。何さ、金持なんかと威張っている裏側は、妬ましくってしょうがないんだ。義一さんの人柄より、お金の方に惚れてるんだ。

嫌だ、嫌だ、そんな娘なんか大嫌いだ。他人の差出口や陰口がこわくって、自分の気持を曲げてしまう娘なんか――。

でも、それが、あたしだ。だから、あたしは何も考えたくなかった。考えれば考えるほど、あたしは、あたしを殴りたくなってしまう。あたしは、あたしをお金持とか、貧乏とかに関りなく、誰かを好きになる娘だと思っていたかった。――

「どうしたのさ、澄ちゃん」

ひでは、にこやかに澄の肩を叩いた。

「そんなに怒らないでおくれよ。くに子によく言っとくからさ。ね？――じゃ、また来るよ。うちにも遊びにおいで」

どうもありがとうと、澄は口の中で言った。ひでは、駒下駄をかたかた鳴らして露地をぬけ、表通りの店の、灯りを片頬にうけてから見えなくなった。

澄は、のろのろと露地を戻った。

かつ子が、人が好過ぎるばかりに損ばかりしている建具屋の娘のかつ子が、弟を背負い、妹の手をひいて、妹の飴玉を、何とかかんとかごまかしてしゃぶっていた、そのかつ子が変留の店の嫁になる。伯母は、なぜ、こちらへその縁談を持ってきてくれなかったのだろう。その縁談を断って、義一と一緒になりたいと言ったのなら、伯母さんだって……あたしは、どうしてこう、お体裁ばかり作りたがるのだろう。

家へ帰ると、弥吉は先刻と同じような恰好で、煙草を吸っていた。

澄は、重い腕を伸ばして、ちゃぶ台の上を片附け始めた。

「おい」

弥吉は、わざわざ視線をそらせて澄を呼ぶ。

「なに？」

澄も、そっぽを向いたまま返事をする。

「帝国館(ていこくかん)は、何やってる？」

「さあ。お父つぁん、活動なんか見るの？」

「馬鹿野郎――」

弥吉は、口の中で言った。察しの悪い奴だ。だが、聞えなかった澄は、ぽかんと弥吉の顔を見つめている。弥吉は、何か言わねばならなくなった。

「若え娘が、うちん中にばかり、すっこんでやがると……」

毒だぞ、というのは、弥吉の口の中で消えた。

波紋(はもん)のひろがるように、澄の心は温まった。

澄は、煙草のやにと、日向(ひなた)のにおいのする父のふところの中に、子供の頃のように、すっぽりと埋まりたかった。


あらたまった顔つきで、義一が澄の家を訪れたのは、夏も終りに近づいた、八月末の夜であった。

御免下さい、という声に応じて、玄関へ出て来た澄を見ると、義一は眩(まぶ)しそうに目をしばたたいた。が、すぐに、あの澄の好きな微笑を浮かべて、「親方、うちに？」と言った。

「ええ、あいかわらず、渋団扇みたいな顔をして、煙管の掃除をしているわ」

どうぞ、あがって下さいな。今、お隣りから貰った西瓜を切るところだったの、でも、八月末になっての西瓜は、どうかしらねえ。

澄は、浮々と喋りながら、義一に座布団と団扇をすすめた。義一は、すっかりかしこまって、しきりに額の汗を拭いている。

「やだわ、どうしたの。うちへ来てかしこまってたら、日本中どこへ行っても、かしこまらなくちゃならないわよ。お父つぁんが、学校の先生の前に出たような恰好しないでよ」

澄は、はしゃいでいた。義一がそばにいる間は、芝の伯母のことも、かつ子のことも忘れてしまう。一瞬、義一と弥吉の視線が合い、お互いにあわててそらせてしまったのに、少しも気付かなかった。

澄は、台所へゆき、バケツから西瓜を出した。庖丁を入れると、すぐに割れ、真中のあたりは、水気が乏しくなっている。

「ずいぶん考えたんですが――決めました」

開け放してある部屋から、低い義一の声が聞える。

何を決めたのだろうと、澄は思った。お嫁さんかしら。

まさか。結婚したての夫婦が、阿波屋に住むなんて考えられない。

澄は、切った西瓜を盆にのせて、持っていった。

「やっぱり、こんななの。おいしいとこだけ食べて下さいな」

かまわないで下さいと言う積りが、澄の好意をむき出しにした顔を見ると、「こいつはうまそうだ」になった。

「どうぞ、どうぞ。足りなかったら、また、切るから」

「それほど大ぐらいじゃありませんよ」

言いながら義一は、西瓜にかぶりついてみせた。甘さより酢味がかち、うまくなかったが、義一は、「おいしい」と言ってやった。澄は、安心したような顔つきで腰を浮かせている。台所で、自分も一切れ、食べてみようというのだろう。

と、やおら西瓜の盆に手を伸ばした弥吉が、ぽつんと、「聟にいくんだぜ」と言った。

「ええ?」

中腰のまま、澄は、義一を見つめた。

義一は、自分のいる所で、それを言って欲しくなかった。言われてしまえば、この通り、澄に「どこへ？」と、べそをかきそうな声で尋ねられる。

「どこへって、お嬢さんは知らないと思うな」

「隠さなくたっていいじゃないの」

「隠しゃしませんよ。弱っちまったな、これあ」

「とか何とか言って。内緒にしとこうってんでしょう」

「とんでもない。言いますよ、言いますよ」

義一は、だだっ子をあやすような口調になった。

「浅草に住んでる、植木屋の後家さんですよ」

「植木屋？」

「ええ」

浅草に住む、植木屋の後家。どこかで聞いたことがある。どこだろう。浅草の叔母の家ではない。確か男の声が、植木屋と言ったのだ。――

そうだ！、思い出した。弥吉が言ったのだ。先月、いや先々月だったか、弥吉が仕事にいったところだ。後家さんの住む家と、その家作何軒かの瓦を、弥吉と義一でふき直したのだ。

「かわらやさん、お茶が入りましたよ」と、後家さんが呼ぶ。弥吉と義一が、縁側に腰をおろし、急須を持った後家さんと、四方山話をする。といっても、弥吉は口が重いから、相手になるのは義一ばかり、その話ぶりから義一の真面目な人柄がわかり……

　つうんと、鼻柱が痛くなってきた。澄は、平静を装いながら、掌で鼻をこすった。

「義一さん、植木屋も出来るの？」

「出来やしませんが、瓦職でもいいって言うんで……」

「ごちそうさま。一目惚れってわけだわね」

　澄は、甲高い声で笑った。

　弥吉は、つと立って、釣り忍に水をやりに行く。風は、まったくなかった。

　義一は、深呼吸をした。

「お礼さんの気持が、もったいなかったんですよ。あんな男とっていうわけで、ずいぶん反対もされ、陰口もきかれたらしいが、あの男は、あたしと知りあった時に、たまたまちんぼだっただけだと、頑張ってくれたんです。気も強いんでしょうが——」

　ぐわあんと、頭を殴られたような衝撃を、澄はうけた。

お礼さんの気持が、もったいなかったんですよ――反対もされ、陰口もきかれたらしいのに、たまたまちんぼをやっていただけだと頑張って――

目の前の義一の顔が、遠くかすんだ。

終りだ、これで。芝の伯母さんや、かっちゃんの口を恐がるのも、自分を嫌な娘だと思うのも、切った西瓜の、大きそうなところを義一に向けて、差出すのも。

白い、たき火の煙が見える。

あの、さわやかな笑顔も見える。あたしを韋駄天だと、言った人だ。あたしの炊いた御飯は、甘みがあっておいしいと言った人だ。

その人は、たまたま、たちんぼだっただけなのに、あたしには、それがわからなかった。

白い煙が、まだ見える。

好きだ、たまらなく好きだ。親方がどうかしたんですかと、話しかけてきたあの顔。

夢でありますように。夢ならば、朝になれば醒める。醒めたらば、もう、あたしの気持を曲げたりはしない……。

義一は、弥吉に、挨拶をしていた。弥吉は挨拶なんかどうでもいいと言わんばかかりに、また、煙管に火をつけた。

「お嬢さん——」

義一は、膝頭を、澄の方に向けた。澄は、ぎくりとして義一を見た。義一は、さわやかに微笑んでいる。

「どうも、夜分、とんだお邪魔をしちまって」

澄は、せいいっぱいの微笑を返した。

義一は、かすかに汗の臭いを漂わせながら、玄関へ出てゆく。その臭いも、結婚すれば、なくなる筈であった。

「じゃあ——」

玄関の戸に手をかけて、もう一度、義一は微笑んだ。

「お気をつけて——」

張裂けそうな胸を押え、澄は、かすかに聞こえる草履の音に、いつまでも耳を傾けていた。

泥鰌（どじょう）——本所界隈（二）

「文學地帯」（文學地帯社）三四号（一九六九年）に掲載。

舞台は大正時代の本所界隈。奉公に出ている男が、藪入りで生家へ帰るときの物語。

「どう決めた？」

冬二が低声で言った。口もとまで、布団にもぐっている。

「うん――」

勇は煮えきらない。暗闇の中で、ぽかんと天井を見つめている。

明日は藪入りである。真直ぐ家に帰ろうか、それとも、土産を買って帰ろうか。

去年は一番電車を待ちきれず、日本橋から本所まで歩いて帰った。星のまたたく空の下を、早く家族に会いたい一心で、こわいとも寒いとも思わずに帰った。無論、土産を買うことなど、頭に浮かびもしなかった。今年は多少気持にゆとりが出てきたのか、お盆から今日、一月十五日までに貯めたお金が、冬二のそれよりも二円多いと知って、土産を買って帰りたくなった。が、買って帰るとなると一番電車どころか、店の開くのを待たねばならない。

寝返りをうって、肩まで布団を引上げると爪先が出た。凍えた空気が指に触れる。寒！　と、思わず膝を曲げた。

「案外はっきりしないんだなあ」

と、冬二がもどかしがる。勇はもう一度寝返りをうって、冬二に背を向けた。俺のことを、いつ、どう決めようと俺の勝手だ、という気持が勇にはある。それと察したのか、冬二も勇に背を向けて、

「活動か。――六区へでも行くか」

と、ひとりごとだ。

冬二の心はわかっている。勇と一緒に活動写真を見、浅草を歩きたいのである。冬二は明日の藪入りを、家には帰らず、活動写真館で過ごすのだと強情をはっている。

よした方がいい――

勇は幾度もそう言った。いくら見たい活動でも、一日中見ていたら頭が痛くなる。家へ帰って手足を伸ばした方がいい。しかし、冬二は、「うちは特別だからね」と、唇の端に薄笑いを浮かべるのである。『特別』とは、家で待っているのが、継母と異母弟だけであることをいうのだった。

不幸にしがみついている。勇は、冬二が自分の生い立ちを話す度にそう思った。

た。

勇の考えでは、愚痴をこぼすのは、或る意味で不幸を楽しんでいることなのであった。

「寒いなあ」

と、不意に冬二が言った。

「暖まるどころか、足が冷くなってきちゃったよ」

「足首を摑んで寝ろよ、掌でさ」

勇は面倒臭そうに言った。冬二は素直に身体を丸め、足首を摑んだ様子である。

その不自然な布団の盛上りを見ているうちに、勇の心が決まった。

土産を買って帰ろう。

努めて平静を装ってはいるが、一日を一人で、しかも活動写真館の中で過ごすというのは、冬二にとって初めてのことなのであろう。昼間見せた、そして明日の朝も見せるに違いないあの臆病そうな目つき、知らぬ顔はしていられない。活動写真まではつきあえないが、土産を買って帰ることにすれば、冬二と一緒に仲見世を歩くことが出来るわけで、それだけ冬二の一人で過ごす時間は少くなる。

それに、父母や妹達の喜ぶ顔が見たかった。半襟を胸にあててみる母や妹達、父は、照れ臭そうに、差出された肌着を横目で眺めるだろう。勇は、妹達の笑い声と、「いいのかい？　お前」という母の声を聞いたように思った。

「決めたよ」

と、勇は冬二に言った。

「どう決めた？」

冬二は、素早く寝返りをうつ。

「お土産を買ってくることにしたよ。仲見世へでも行こうや」

「ああ」

冬二は鷹揚（おうよう）に頷（うなず）いた。

「俺、六区へ行く積（つも）りだから、つきあってやってもいいよ」


「あいにくだね」

と奉公先を出る時、誰かが言った。灰色の雲が低くたれこめて、雪でも降り出しそうな寒い日となった。

勇は、十二階の前で冬二と別れた。

仲見世を歩いている時から妙にはしゃいでいた冬二は、そこでもまた、おどけてみせた。

「ちょっと待ってくれよ」と呼びとめては、「言うこと忘れた」と頭をかくのである。可哀想だとは思ったが、それ以上、冬二につきあってはいられなかった。

勇は吾妻橋を渡った。冷い、突き刺さるような風が吹いている。勇は腫れた瞼をしばたたいた。

昨夜は、まんじりともしていない。我家の戸に手をかける瞬間を思うと、胸の動悸が激しくなり、どうしても眠れなかった。それは、家に帰らぬ冬二も同じだったようで、寝返りばかりうっていた。

年に二回だものな、と、勇は思う。生んでくれなければよかったと恨んだこともある両親が、この上なく懐しく、生意気なと思っていた妹達が、世の中で一番愛しい存在となる。

そう考えてくると、継母とはいえ五つの時から育ててくれた人に、冬二がいまだに馴染めぬのが、勇には不思議だった。

実母の死後、一年足らずで迎えられた母親だというから、反感を抱いたのはわかる。しかし、冬二の話を聞いていると、継母は冬二に対して、ずいぶん遠慮がちに振舞っているようで、勇の脳裡には、冬二の言うのとはうらはらの気の小さなおとなしい女性の姿が浮かぶのである。冬二が甘えてゆけば、きっとよい母親になってくれるものを、と勇は、好んで自分を『哀れな継子』に仕立てあげている冬二を軽蔑した。

その冬二の、十二階前で見せたしぐさを思い出すと、勇は気が重くなる。ことによると、冬二は勇の家に来たかったのではあるまいか。引留めようとしているのだとばかり思っていたが、一緒に来いと言って貰いたくて、おどけていたのかもしれない。

「俺、薄情なのかな」

と、勇は呟いた。

冬二を家に連れてゆく気にはなれないと思った。玄関の戸に手をかける瞬間を想像してさえ動悸が激しくなる、それほど帰りたい家、会いたい家族の中に、冬二という異質の人間を入れて、『我家の味』を変えたくなかった。

いつの間にか、中横——中ノ郷横川町の露地の入口に立っていた。家は、この露地の中ほどにある。

ガラス戸にひびが入っていた。お盆の時には無かったひびである。桜の形に切った障子紙が、幾つか貼ってある中に、一つだけ目立って大きく、形も不恰好なのがあった。

「みね子だな」

勇は微笑んだ。この戸を開ければ、そのみね子が真先に飛出してくるだろう。大きく息を吸いこんだ。「お前に用を言いつけるのは、見下ろされるから不愉快だ」と番頭に顔をしかめられるほど大柄で、いつも窮屈に折曲げている膝も真直ぐに伸ばした。やはり、我家はいい。

勇は、頬を紅潮させて、ガラス戸を開けた。

「只今」

返事がない。勇は、もう一度「只今」と叫んだ。

「勇かい?」

みつの声であった。台所にいるらしい。勇は拍子ぬけのした顔で、部屋へあがった。

誰もいない。

ふちの欠けた火鉢がひっそりと、部屋の真中に置かれていた。

何だい、これは——。

勇は、土産の包みを放り出した。これが、『我家の味』ではなかった筈だ。

「遅かったじゃないか」

　みつが顔を出した。

「みね子が台所のガラスも割っちゃってさ、寒くってしようがないから、ボール紙を入れてるんだよ。よく手伝ってくれるのは有難いが、そそっかしくてね、あの子は」

　勇は、まだ座らずに立っていた。みつは、そこに火があるのにと、せわしく言いながら勇の手を取った。しもやけで、赤くふくれた手で、勇の手を包んでくれる。母の掌は暖かかった。が、勇は、その手を乱暴にはらいのけた。

「あんか、どうしたんだい」

「それがねえ――」

　みつは口ごもった。息子は、暗い目で母を見据(みす)えている。

　みつは、笑ってごまかすことにした。

「あんかってのは、夏うちは邪魔(じゃま)っけだろ。預けちまったら、なかなか出せなくなっちまったんだよ」

「まだ……」

　質屋へ通ってるのかという言葉を、勇はあわてて飲みこんだ。父の寅松(とらまつ)は、コテの先ばかり減らすと嘲笑われている左官屋である。下手と評判の左官に、良い仕事のくるわけがなかった。

「お父つぁんは？　この天気に仕事かい？」

「お湯屋だよ。もう帰ってくるだろう」

「ふじ子やみね子は？」

「馬鹿だね。学校にゃ藪入りはないんだよ」

土産など買って来ず、早く家へ帰ってくればよかったと、勇はますます不機嫌になった。早く帰ってくれば、登校前の妹達に会うことが出来た。半襟など、学校から帰ってくるのを待って浅草へ連れてゆき、好みのものを選ばせればよかったのである。

みつが、干柿を入れた皿を、勇の前に置いた。

「見つかるとうるさいから、早く食べておしまいよ」

と言う。

「ああ」

勇は見向きもしない。みね子が柿を好きなのは知っているが、学校から帰ってくるにはまだ間があり、妙なことを言うと思ったが、尋ねるのも面倒臭く、黙っていた。

みつは、「すぐに来るから」と言って、台所へ出ていった。

やがて七輪をうちわであおぐ音が聞え、「みょうほうれんげきょう、――みょうほうれんげきょう」……と、お題目を唱える声が聞えてきた。

「泥鰌か――」

と、勇は呟いた。

泥鰌は寅松の好物である。泥鰌を入れた鍋の蓋を押えてお題目を唱えている母の姿と、泥鰌を肴に、盃をなめるようにして酒を飲んでいる父の姿は、鮮やかに脳裡に焼きついてい、奉公先の日本橋の布団屋でも、幾度か懐しく思い出したものだ。

しかし、今は違う。目の前に浮かぶその姿が鮮やかであればあるだけ腹が立つ。父は、寒空の下を帰ってくる息子の為に、あんかをうけ出す工夫もせず、ただ、息子の顔を見ながら泥鰌で盃を傾けるのを楽しみにして、朝から銭湯へ行っているのだ。

勇は、勇に難詰されて、どもりながら弁解する父を想像し、不愉快になった。寅松が帰ってきたのは、そんな時であった。

「降ってきたぞ」

と言いながら、寅松は家の中に入ってきた。みつが台所から飛出して来、勇も腰を浮かせた。その時、勇は、「雪だよ、雪だよ」という、はしゃいだ幼い声を聞いた。

「お湯から出てきたらねえ、雪が降ってたの」

まわらぬ舌で、みつに話している。勇は、父が銭湯で会った知人を連れてきたのだと思った。が、玄関に出ていってみると、土間に立っているのは寅松一人であった。

「帰えってたのか」

と寅松は、勇の顔を見て言った。日に焼けた頰に、ゆるやかな皺が寄る。見馴れた笑顔であったが、皺が深くなっていた。

寅松は、待ちくたびれて銭湯へ行ったのだと、例によって、少しどもりながら言訳をした。勇は、それを上の空で聞いていた。子供を見ても不思議そうな顔もせず、あやしているみつの態度が気になった。

「どこの子だい？　お父つぁん」

寅松の顔に困惑の色が浮かんだ。あごをしゃくって、みつに聞けという意志表示をしたが、勇は寅松から視線をそらさなかった。

「お父つぁん、まさか……」

「後で話す――ゆっくり」

寅松は口の中で呟くと、勇をおしのけて部屋へ入った。部屋では、みつが、干柿の皿を抱えて放さない子供を叱っていた。

「しんちゃん、お放し！　お前はさっき食べたばかりじゃないか」

子供はかぶりをふる。みつは、低声で勇に言った。

「だから早く食べちまえって言っただろ」

「うるさいって言ったのは、この子のことか」

「そうだよ。見りゃ食べたがるし、食べさせりゃお腹をこわすし。あたしゃ、お前がとっくに食べちまったものと思ってたよ。――これ！」

みつが声を張りあげた。拗ねた子供が、干柿を放り出したのである。それを拾おうとして腰を屈めたみつの袖を、勇はそっと引いた。

「あの子、貰ったんじゃないだろうね」

みつは、妙に澄んだ目で、勇の目を見つめた。

「貰ったんだよ。うちの子だよ」

「ええ？」

もしや、という気持はあった。が、まさかと思う気持の方が強かった。勇は、呆然と母の顔を眺めた。信じられなかった。

「俺に、弟も出来たってのかい」

「一年間だけどね」

みつは、横を向いて子供の行儀の悪さを叱った。

「親はあるのか」

「ああ。でも、二人育てるのも三人育てるのも、たいして変わりはないからね」

「結構なこったね」

思わず勇は皮肉った。

「うちは、よその子を預ってくるほど楽になったのかい」

寅松は黙っていた。手拭いを音をたてて広げ、台所に吊してある篠竹に干した。

異様な雰囲気を察したのか、子供はみつの陰にかくれ、勇の様子を窺ってい
る。それが尚のこと勇の怒りをかきたてた。

「自分の子供に満足なこともしてやれねえでさ。他人の子供を預ってくるなんて、
お父つぁん、少しどうかしてるよ」

寅松は答えなかった。勇の視線を避け、火鉢を背にしてあぐらをかいた。銭湯の
帰りに買ってきたらしい『はぎ』(きざみ煙草の名)の封を切る。みつは、子供を抱

きあげて台所へ行った。境の障子が、ぴったりと閉ざされた。

重苦しい何分間かであった。十分にもならない時間だったのだろうが、勇は、一時間以上も父の丸めた背を見つめているような気がした。

やがて、寅松は、痰のからんだような声で「可哀えそうだったからよ」と、ぽつんと言った。

勇は黙っていた。寅松の言葉は、失敗をあやまっているような調子であった。

「おふじもおみねも……可愛がってるんだ」

「ふじ子とみね子がどうしたってんだよ」

とうとう勇は叫んだ。

「ふじ子やみね子に、何がわかるてんだ。あの二人にゃ、弟が出来たのも人形を買って貰ったのも同じことなんだ」

「――」

「お父つぁん――」

勇は泣き出したくなった。

「俺は上の学校へ行きたかったんだよ。中学が駄目なら、高等科でもいいから行かせて貰いたかったんだよ」

「そんなこと、今更言ったって、お前え……」

「しようがねえことはねえや。俺は、誰の為に学校諦めて、奉公に行ったんだよ」

俺が奉公に行けば、少しでもうちが楽になる、お父つぁんの三日に一度の酒も、二日に一度になるだろう、ふじ子やみね子の着物の片袖ぐらいにはなるだろうと思ったからではないか。他人の子供を育てて貰いたくて、日本橋へ行ったのではない。それを、何ということだ、他人の子供には、腹をこわすほど食べさせてやり、学校から寒さにふるえながら帰ってくる我が子には、あんかをうけ出してやることも出来ない。

もう一度、言わせてくれ。俺は、ふじ子やみね子に寒い思いをさせたくないから、奉公に行ったのだ。妹や親の為だと思うから、学校を諦めたのだ。親孝行を恩に着せているわけじゃない。俺の気持をわかって貰いたいのだ。誰の子だか知らないが、他人の子を育ててやる金の足しにするのなら、俺は一銭も渡さずに貯めて、俺一人の為に使う。

お父つぁんは泥鰌だよ。お父つぁんの大好きな泥鰌に、よく似ているよ。泥の中で、貧乏という泥の中で、身体をくねらせて、そこが一番住みいいと思ってるんだ。他人から泥をかけられても平気でさ。

お父つぁん。口惜しかったら鰻になってみろよ。ふちのかけた火鉢なぞ何処かへ捨てちまって、炬燵を、でんと部屋の真中へ据えてみろよ。その気になれば出来るんだ。他の職人衆が、薄着をして粋がっている中へ、平気で、着ぶくれの恰好の悪い姿で入ってゆくお父つぁんだ。今度からは、他人に何を言われようと、先ず、家族のことを考えるようにしてくれ。人から泥をかけられて、じっとしていたんじゃあ家族の迷惑だ。頼むよ、お父つぁん。頼むから、鰻になってくれ。泥の中から抜け出して、きれいな水の中に住んでくれ……。

「勇！」

みつであった。みつは、力まかせに開いた障子の向こうで、唇をふるわせていた。

「何だい、その言い草は。黙って聞いてりゃあいい気になって。馬鹿でも、こっちは親だよ。お前よりゃあ、余計に生きてるんだ」

勇は、母に小突かれるのではないかと思った。思わず身体を固くして、母のこぶしを待ったが、みつは、寅松の隣りに座って寅松を突ついた。

「お前さんが、小さくなってるからいけないんだよ。――十五やそこらの子に、言いたい放題言われちまって。あたしゃ――ちょっと、勇。お前の目から見たら、ずいぶんだらしのない親に見えるだろうけどね、あたし達あ間違ったことは何一つ、やっちゃいないんだからね。こっちの腹がいっぱいになってから人に御飯を廻したんじゃ、間に合わないことだってあるんだ。そんな時あね、こっちの腹を七分、六分にしても人にやるのが、当り前の人間なんだよ。覚えときな。——何だい、あんかが無くたって、死にゃあしまいし」

違う。母の言い分は間違っている、と、勇は思った。が、母にまくしたてられると、一言も言い返せなくなる。幼い頃、正しいと信じていた行為を叱られた時、言訳が出来なかったのとよく似ていた。

勇は眉を寄せ、唇を尖らせて横を向いた。

寅松の異名は、ぐず寅という。人が半日でする仕事なら一日、一日でする仕事なら二日かかるというのである。事実、仕事は遅い。不器用なのである。塗っているうちに、むらが出来る。むらが出来るから塗り直す。塗り直すと、また、むらが出来る。時間はかかるし材料は使うし、仕上げは汚くなる。

左官屋の間では、寅松に天井、という言葉があった。寅松に天井を塗らせると、コテから垂れる漆喰を浴びて、頭から白くなり、とても見てはいられないというのである。うまいと言われる左官は、コテから一滴も垂らしはしなかった。

そんな寅松に、良い仕事のくる筈がない。が、そのことに関しては、勇も不平は言わない積りだった。むしろ、陰口を叩かれながらも、黙々と一心不乱に壁を塗り続ける父は、立派だと思うのである。勇の言いたいのは、腕相応の暮らしをして欲しいということであった。と言って、寅松が贅沢だというのでは決してなかった。

寅松は、頼まれると、米を買う金さえも貸してしまうのである。俺に貸してくれと言うほど、先方は困っているのだというのが、その理由であった。しかも、返してくれという催促が出来ない。金が出来れば返してくれる、返してくれないのは、まだ困っているからだと強情を張る。その都度、家の中の物が質屋へ行き、貸した金の利子は来ないが、質屋への利子が出ていった。

みつにも同じようなところがある。例えば、去年の藪入りに、勇は主人から貰った五十銭を、帯留を買う足しにしてくれと母にやった。みつは、勇の言葉通り、帯留を買ったらしい。ところが、一本増えたからと、前から持っていた一本を、あっさり人にやってしまうのである。

これでは家が楽になるわけがない。勇は、父も母も、身のほど知らずな振舞いをしていると思う。いったい、こっちの身を削ってまで他人の世話を焼く必要が、何処にあるか。自分の腕が悪くて苦労するのはしかたがないが、他人の為に苦労するなど真平だ。人の踏台になどなりたくない。

父にも母にも、他人の腹の心配をするより、こちらの腹の心配をするようになって貰いたいのである。

ぎい、と、木のきしむ音がした。みつが、ちゃぶ台を出していた。

「昼か——」

そういえば、さっき、午砲(ごほう)が鳴ったような気がする。勇は、父を盗み見た。寅松は、小柄(こがら)な身体をますます小さく丸め、ぼんやり畳(たたみ)を眺めている。

勇は、視線を茶簞笥(ちゃだんす)の前に移した。そこには、さきほど放り出したままの風呂敷(ふろしき)包みがある。さんざん迷って、昨夜、やっと買って帰ることに決めた、お土産の包みであった。それが、まだ開けられずにいる。——

勇は、母を呼ぼうとした。お土産の包みばかりか、ふところに入っている三円——土産を買った残りのお金だが、それさえも渡していない。

が、振り向くと、台所の入口に子供が立っていた。伸一(しんいち)と呼ばれているその子供は、勇と視線が合うと、漬物(つけもの)を出しているらしいみつの腰に、「母ちゃん」と、しがみついた。

冗談じゃない、と、勇は思った。いっそこれから、浅草へ行ってしまおうかと思った。鰻を食べ、活動写真を見、仲見世を歩いている方が、どれほど気楽かわからない。ことによると、冬二に会えるかもしれず、わからずやの両親を持った息子の辛さを、話すことが出来るかもしれなかった。

しかし、勇は立上れなかった。出て行こう、浅草へ行ってしまおうと、幾度も自分自身を誘い出してみたのだが、腰は、畳に根が生えたように重くなっていた。わけもなく、ただ、家にいたかった。

みつが勇を呼んだ。いつの間にか、ちゃぶ台の上に茶碗が並んでいた。寅松は、「つけるかい?」とみつが振ってみせた徳利に首を振って、茶碗を取上げた。

勇も茶碗を取った。妙にのどにつかえる御飯であった。勇は、お茶をかけて、御飯を胃の中へ流しこんだ。味気ない食事であった。

台所から、茶碗を洗う音が聞えてくる。みつと伸一が、台所にいた。

「あっちへ行っておいでよ。ここは寒いから」

みつが、低い声で言い聞かせている。寅松は台所の方へ首をねじ向けて、「伸一、伸一」と呼んだ。

「ほら、父ちゃんが呼んでるよ」

「――」

「いい子だから、父ちゃんとこへ行っといで」

台所の戸が開いて閉まった。みつが、突当りの共同水道まで、水を汲みに行ったらしい。その間に、部屋との境の障子が、少しずつ、そろそろと開いた。片方の目が部屋を覗く。勇が障子を見ていると知ると、伸一はぴしゃりと閉めた。

「伸一、父ちゃんとこへ来い」

寅松が膝を進めた。

勇は横を向いた。手招ぎしている寅松が目に入る。やがて飛出してきた子供は、寅松のふところに飛びこんで、顔を埋めた。勇は、自分がのけ者にされているような気がした。

「ずいぶん降ってきたよ」

と、みつが部屋へ入って来た。一ひら二ひら、肩のあたりに残っていた雪が、筒袖の半纏の中に、吸いこまれるように消えていった。

「おふじもおみねも、傘持ってかないんだよ」

「もう帰える時分か？」

寅松は時計を見上げた。

「まだ、ちょいと早いけどさ」

「俺、迎えに行ってくる」

勇は、思いきって立上った。

「まだ早いよ」

「ぶらぶら歩いて行くからいい」

みつは、強いてとめなかった。玄関へ行き、傘を出してくれる。相変わらず、縁に紺色の太い線の入っているやっこ傘であった。

「いいかい？　おふじは三組、みね子は一組だよ」

「わかってるよ」

言い捨てて、表へ出た。

一昨年の三月まで通っていた道である。両側に並ぶ家を、勇は一軒一軒、それが、名所旧跡でもあるかのように眺めて歩いた。

雪の中の家は、皆、灰色に見えた。

窓の下の、ほんの少しのすきまに、夏、朝顔のつるをからませていたに違いない篠竹を残している家――この家は、晴天であれば植木鉢を出入口にまで並べていた――、チャップリンの真似をして歩いていた時、不意に優しげな婦人の出て来た格子戸の家、この角から、長く続く黒板塀の前では、よく、飴屋が飴をふくらませていた。飴屋といえば、汚いから食べてはいけないと叱られていたしんこ細工を、どうしても食べたくて、電信柱の蔭にかくれて食べたことがあった。四、五年前、大正六、七年のことだった。確かあの頃は銀貨が少くて、駄菓子屋へ行くのにも紙幣を持っていったものだ。

敷き放しのござに、雪が積もっている。ままごとかお人形さんごっこか、このござの上で遊んでいたのだろうに、しまい忘れたのだろうか。

露地にござを敷いて遊ぶ。ふじ子とみね子の声を聞きながら、勇は勉強に精を出した。担任の教師がみつを呼んで、中学校へやってやれないのかと、言ったこともある筈だ。

赤い物が地面へ落ちていった。

「ごめんなさい」

女の子が、勇の前に屈む。お手玉であった。道々、腕を競ってきたらしい。臙脂の袴をはき、肩から鞄をさげてい、学校帰りらしかった。

勇は歩を早めた。思ったより、はるかに時間をかけて歩いていたようであった。

みね子の教室は、簡単にわかった。ちょうど、「さようなら」という挨拶をかわしたところで、みね子は後の出入口から、真先に飛出してきた。廊下に佇んでいる勇を見つけると、口を大きく開け、声にならない叫びをあげて飛びついてきた。

ふじ子の傘も持って来たのだと言うと、みね子は勇からその傘を受取って、階段をのぼっていった。待つほどもなく降りて来て、一緒に帰りたいから待っていてくれと、ふじ子から頼まれたと言う。

「姉ちゃん、兄ちゃんが帰って来たと思って甘ったれてんの」

と、みね子は笑った。

廊下(ろうか)は寒かった。腕組みをし、背を丸めている勇のそばで、みね子は、低声でハミングしたり音をたてぬように片足跳(と)びをしたり、いそがしかった。

やっと、四年生の授業が終ったらしい。

「さようなら」という声に続いて、戸の開く音、階段を降りてくる足音が聞えてきた。みね子は階段の下へ行って、「来ない、来ない」と、気短かなことを言う。ふじ子は、男の生徒の中に混じって降りてきた。駆け降りようとするのに前の生徒が邪魔になって、いらいらしているのが、階段の下からもよくわかった。

「お帰んなさい」

「寒かったでしょ。ごめんね」

とふじ子は、はにかんだような笑顔を勇に向けた。

「身体中に、ひびがきれちゃったよだ」

みね子が口を出す。何さ、と珍らしくふじ子はみね子を突ついた。みね子も負けずに突つき返す。

「置いてくぞ」

勇は、歩き出しながら言った。寒くてならなかった。窓のすきまから入ってくる、冷い風のせいばかりではない。はしゃぎまわっている妹達と、表面は一緒に笑っているのに、身体の何処かを風が吹きぬけてゆく。

みね子が勇の袖を引いた。「ん?」と振りかえると、甘えたしぐさで角を指さした。焼芋屋(やきいもや)がある。かまと蓋の間から、甘い匂(にお)いがこぼれていた。

勇は十銭玉を出した。

「これ、全部買ってきてもいいの?」

勇が頷くより早く、ふじ子が首を振った。

「そんなにいるもんですか。お芋は、いっぺんに沢山(たくさん)食べられやしないし、冷くなりゃまずいし、五銭で沢山よ。お釣(つ)り貰っといで」

勇は苦笑した。気前のよいみつの娘に、どうしてこんな娘が出来たのだろうと思った。

みね子は、鞄を肩からはずして、ふじ子に渡している。傘も閉じて勇に渡した。

雪の中を走ってゆく。三つ編にして長く垂らした髪が、みね子の背で躍った。

「あったかい」

と、袋を抱えて戻ってきたみね子は、唇をほころばせた。

「あたしにも持たせて」

と、ふじ子がみね子の鞄を差出す。みね子は身体をくねらせて、ふじ子の手を避けた。

「ずるい」

ふじ子は鞄をおしつける。それを振切ってみね子は逃げ出した。日頃はおとなしいふじ子が、いたずらっ子のような目つきになり、「兄ちゃん、これ頼むわ」と、みね子の鞄と自分の傘を勇に押しつけた。

「おい、どうするんだよ」

「兄ちゃん、持ってきて」

言い捨てて、みね子を追いかけてゆく。

「あ、こいつ……」

雪の向こうで、ふじ子は、ぴょこりと頭を下げた。勇は仕方なく、みね子の鞄を肩からかけた。窮屈である。しかも、傘が三本もある。勇は自分の傘もたたんで、ふじ子達の後を追った。

小さいみね子は意外に足が早く、敏捷であった。追いつかれそうになると、するりとふじ子や勇の手を逃がれ、後戻りしてしまう。思わぬ駆けくらべに、冷かった勇の身体は指先までぬくもって来、身体の中を吹きぬけていた風も、次第におさまってゆくようであった。

「只今あ。兄ちゃんにいい物買って貰ったあ」

と、みね子は玄関で叫んだ。とうとう勇は、家までみね子の鞄と三本の傘を持たされた。みね子の頭にもふじ子の肩にも白い雪がのっており、みね子は、まつ毛の上で溶けていった雪の雫を掌でぬぐっていた。

「もっといい物を買ってきたんだぞ」

と、勇は、みね子の耳に囁いた。

「なに？　なにがあるの？」

みね子は振り向いた。茶簞笥の前——という言葉を聞くと、焼芋の袋をふじ子に押しつけて、部屋へ入っていった。ふじ子は、勇が上へあがるのを待っている。勇は、早く上へあがれと、身体を端へ寄せてやった。

「ご苦労様だったね」

った。

と、みつが玄関まで出て来た。どこか、ぎごちない。勇は、ていねいに雪をはら

部屋では、みね子が勇を呼んでいる。包みを開けてみたのだろう。みつが、不審そうな目を向けた。

「買ってきたんだよ」

勇は、ぼそりと言った。

ふじ子は、半襟を胸にあてて、三畳にある鏡台の前に座っている。安物ではあったが、それは、彼女達の欲しがっていた刺繍のある半襟であった。

「母ちゃんのもあるよ」

と、みね子は、藤色の半襟をひらひらさせて見せた。息子と和解したくてならなかったみつは、良い機とばかりに三畳の部屋へ入ってきた。

「あれ、いい色じゃないの」

と言う。勇は、照れ臭そうにくすんと笑った。

風呂敷の中には、まだ寅松の肌着がある。みつは、勇に見つからぬよう手招ぎした。寅松は、むっくり身体を起こして、三畳へきた。六畳の部屋には、伸一が一人、取り残された。

「あったかそうだな……」

と、寅松が呟いた時であった。三畳へ飛びこんできた仲一が、いきなり、みね子の手から半襟をもぎ取った。

みね子が悲鳴をあげる。六畳へ戻った仲一は、上目使いにみね子を見、半襟を丸めた。

「いやだってば。それ、あたしんじゃないか」

みね子は泣き出さんばかりに叫び、仲一の手から、半襟を取り返そうとした。みつはふじ子に目配せし、半襟や肌着を、もとの通りに包ませた。

「仲ちゃん、お前は男の子じゃないか。そんな赤いきれは、姉ちゃんに返しておやり」

仲一は首を振った。ふじ子は先ほどの焼芋を見せて、

「仲ちゃんへお土産」

と言った。

仲一が袋を覗きこむ。その一瞬のすきにみね子は半襟を奪い返した。べそをかいている。が、今度は、仲一の唇がへの字に曲がった。

泣かせまいとして、ふじ子が握らせてやった焼芋が逆効果であった。仲一は、そのきっかけを待っていたように、大声で泣き出した。

「知らねえもんな、こんな子がいるの――」

勇は、憮然として呟いた。

「ほら、食べてごらん。おいしいよ」

ふじ子が懸命になだめている。みつも手拭いを持って、伸一の前に座った。

「兄ちゃんはね、伸ちゃんが何を好きなのかわからなかったんだってさ。ね、兄ちゃん、そうだろ？」

勇は、不承不承に頷いた。伸一の土産を買って来なかったのは、無理もないことなのに、何故か、ひどく悪いことをしたような気がする。

勇は、お盆の藪入りには、伸一に玩具を買って来てやろうと思った。


市電で帰るという勇を、停留所まで送ってゆくと寅松が言った。

雪は、まだ降っていた。

二人は、人通りの絶えた道を、ゆっくりと歩いていった。その足音を、紺色の深い闇の中からふっと現れては、ひらひらと舞い落ちてゆく雪が、そっとくるんで地の中へしみこませた。

寅松は背を丸めて歩いていた。時折、目をあげて、停留所までの距離を確かめるように闇の中をすかして見る。これが俺の父親だ、と、勇はしみじみした気持で思った。寅松との間にある暖かな空気を、この白い雪さえどうすることも出来ない。このまま、口をきかずに停留所まで行ってもいいと、勇は思った。が、停留所も間近になった時、寅松が思い切ったように口を開いた。

「可哀えそうで——見ちゃあいられなかった」

「うん」

勇は頷いた。寅松が何を言おうとしているのか、よくわかった。寅松は、とん、と足を踏みならして、下駄の歯についた雪を落とすと、重い口を開いた。

「お前えは知らねえだろうが——奴あ、いい腕を持っていたんだ。酒が好きで、めしに酒をかけて食ってたってえ話よ。——最初の女房に逃げられて、二度目のがなあ、伸一を生んじまった」

「——」

「どうにもならなくって、嫁さんも死ぬ気になったんじゃねえかと思うが——、でも、結局は死なねえで、一年間、死んだ気になってやってみるからと——うん、金次の奴もさ」

ありそうなことだ、と勇は思った。

勇は、名人気質とか職人気質とかいう言葉を、いつも腹立たしい気持で聞いていた。奇行の多い人間を、何故、腕がいいという理由だけでもてはやすのか、下らねえ仕事が出来るかとうそぶきながら、昼日中、酒を飲んでいるような職人に、「金さん、お前の好きそうな仕事だよ」、何故、おそるおそる仕事を持ってゆくのだろうか。

人々は金次の妻に同情し、寅松の親切に感動するかもしれない。が、このことには気付かない。金次が酒を飲んでいるうちに、仕事を持ってゆくのを止めていたら、彼は、酒に飲まれずにいたかもしれないのである。

だが、そういう俺も泥鰌だと、勇はほろ苦い気持で思った。先刻から、お盆の藪入りには、伸一に何を買ってきてやろうかと、そればかり考えている。

「貰っちまう気かい？」

と勇は尋ねた。寅松は黙っていた。

「貰っちまいてえんだろうな」

寅松は、白い地面を見つめている。

一歩、二歩、三歩……。寅松は、黙ったまま歩を進めた。そして、

「貰っちまいてえさ……」

聞きとれぬ程、低い声であった。

「でも、母親が離すめえ」

「やっぱり、貰っちまいてえんだな」

勇は、父の顔を覗きこんだ。降る雪の向こうに、父の顔があった。

「一緒にいりゃあ情が移るもの」

「でも、返さねえわけにゃゆかねえ」

「返す時、おっ母（かか）さん、泣くぜ」

「しかたがねえ」

寅松は、ため息と一緒に言葉を吐き出した。自分に言い聞かせているようでもあった。

もう、大通りに出ていた。市電の停留所はすぐそこにあった。

特別収録1

ママは知らなかったのよ

「新潮」(新潮社) 一九六九年五月号に掲載。
幻のデビュー作。昭和四十年代の東京が舞台。旧字旧かな遣い
で書かれていたが、新字新かな遣いに修正。

白い、上質のノオトが、蛍光灯スタンドに光っている。

そこへ、一、二、三、四、茶褐色の十円玉が、ていねいに並べられてゆく。

八、九、十、……十一枚。

ふう！　と、思わず満足げなため息がもれる。

これは、僕一人で溜めたお金だ。こんなお金があることは、ママも知らない。パパも知らない。

並べ方を変えてみた。

ノオトの左端から真中へ、茶色の渦を作る。吸いこまれるような渦になるかどうか――。

そういえばあの時、眼鏡をかけた高校生は、房総半島を訪れた時の印象をまとめたと言って、海の絵を描いていた。台風一過の朝だとか言っていたが、茶色の波と、焦茶色の絵具を叩きつけたような小舟が印象的であった。

また絵を描きたい。パレットに搾り出した鮮やかな絵具の色と、テレビン油の臭い。躍りあがりのびあがり、のしかかってこようとする大波が、ふと脳裡をかすめ、ノオトの上では、十円玉が行ったり来たりする。

その時、部屋の入口で物音がした。

はっとして、算数の教科書をノオトの上にのせ、肱をはって、教科書の端を押えた。こうすれば、誰が来ても大丈夫だ。

が、物音はそれぎり聞えて来ない。

ママが、お水を飲みに来たのかもしれなかった。

入口を気にしながら、そろそろと不自然な姿勢を直す。教科書を脇へ寄せると、十円玉が出てきた。

中途半端な渦巻を眺めて、幹夫は、

「もう少し、集めなくっちゃ」

と呟いた。

東京より、はるかにかっきりとした日差しが、地上へ一直線に降りそそいでいる。何かが、耳許で鈍く唸っているような午後であった。

文代は、バスストップまでの、わずかな道程さえ億劫に感じて、デパートの前からタクシーを拾った。

帰りがけに飲んだグレープジュースのせいか、ひどく汗をかいて、ビニールをはった座席に背中がぴたりとはりつき、気持の悪いこと甚だしい。

早く家へ帰って、と思っていたのに、タクシーを降りたところで、三階の滝田夫人につかまってしまった。

「幹夫ちゃん、附属中を受験するんですって?」

「ええ、何ですか、自分から受けてみたいと言い出したもんですから」

団地の生活は、一軒一軒、孤立しているようだが、噂は意外に早く広まる。幹夫が、C大附属中学校の入試を受けることは、二、三日前、浅見夫人に話しただけなのに、日頃あまり交際のない滝田夫人までが、もう知っている。

「いいですわ、お宅はお出来になるから」

滝田夫人は、目を細めるようにして文代を見た。羨望に皮肉を混えて言ったのだろうが、文代は、ちょっと胸をそらせた。

若いうちに出来た子供の方が優秀なんですってよという友人の言葉通り、幹夫の通知簿には、わずかに体育だけが4、あとは5が並んでいる。

「とんでもない」

いちおうは滝田夫人の言葉を打消したものの、その〝とんでもない〟は力がなく、ふわふわ浮いている。「遊んでばかりいて困ります」というのも、滝田夫人には、「うちの子は、遊んでいてもよく出来るんです」と、聞えたことだろう。

事実、文代は幹夫に向って、勉強しなさいなどと言ったことはない。〝子供の心になって考えてみる〟ことを心懸けている文代に、そんなことの言えるわけがなかった。

文代は、怪獣の名前を全て知っている。子供達に人気のある、漫画の主人公も知っている。幹夫と二人、ご贔屓の漫画家の名をあげて、どっちが面白いか討論したこともある。

文代は、自慢とうけとられぬように、それを相手に告げたかったが、言葉を探しているうちに、滝田夫人は、「羨ましいわ、ほんとに」と、外国のテレビドラマに出てくる中年婦人のような大仰な表情を見せて、バスストップの方へ歩いていった。

バスの走ってゆく音が、ひどく遠くに聞える。

滝田夫人が行ってしまうと、文代は汗をかいたブラウスのことを思い出した。これからこの狭苦しい階段を、五階までのぼってゆかねばならない。

文代は、荷物をひきずりあげるようにして、我家にたどりついた。

ドアの前で一息いれていると、靴音を聞いていたのか、幹夫がひょっこり顔を出した。近頃、とかく文代と歩くのを嫌い、留守番に廻りたがっていたのだが、やはり、文代の帰りを待ちかねていたのだろう。久しぶりに見る子供らしいしぐさに、文代は浮々と、買物包みを「おみやげ」と差出していた。

幹夫は、奪い取るようにして受取り、餌をくわえた仔猫のように、背を丸めて部屋の中へ走っていった。

「それ、何だと思う?」

文代は、靴を脱ぎながら言った。

返事はなく、紐を鋏で切っている音が聞える。なかなかほどけそうにないと見て、すぐさま鋏を持出したらしい。

幾つになっても、こればっかりは変らないと、文代は苦笑した。

とにかく着替えてこようと風呂場に入り、じっとりと身体にまつわりつくブラウスを脱いだ。その間に包装紙を開く、せわしない紙の音が聞えてきた。

「どう?」

曖昧な返事がかえってくる。気に入らないのかしら？　と、文代は首をかしげた。

ホームドレスに着替えて出てくると、幹夫は、気の抜けたような顔で足を投げ出していた。

「これはねえ――」

説明しそうになる文代の手を、極く自然に遮って、お腹が空いてるんだけどな、と言う。時計を見ると、一時を過ぎていた。

「ごめん、ごめん」

文代はあやまった。あやまりながらふと、こんな時浅見夫人なら、「重たい思いをして買ってきてあげたのに、張り合いのない人達ね」と、金切声を張りあげるだろうと思った。

幹夫は、言いつけられぬうちにトースターを出し、パンを中へ入れている。トースターの側面には、深海魚が描かれていた。

文代は綺麗な物が大好きで、魔法瓶も花束の描かれているものに買い替えたし、砂糖壺もこの団地へ引っ越して来た時に、西洋の城が描かれているものに替えている。

それ等を他人に見せ、褒めてもらうのが文代の楽しみの一つで、先日も、浅見夫人にふくべに赤い房のついている形をした徳利や、竹の形をした菓子器などを見せた。浅見夫人は例の甲高い声で、「あら、いいわねえ」を連発していたが、それを、いつの間に来ていたのか、襖に寄りかかって、陰気な目つきで幹夫が眺めていたのである。なぜあんな目で見つめていたのか、〝子供の心になって考える〟文代にも、いまだにわからない。

昼食後、文代は食器を洗う為に、しばらく幹夫に背を向けていた。

文代は、人から貰った物については、あれこれ言わぬことにしている。「お口に合いますかどうか」と隣家の夫人が持ってきてくれた物、或いは幹夫がお小遣を溜めて買ってくれた物、仮令それが、お口に合わぬ店のねりきりであり、安物のブローチであったにもせよ、好意は好意として喜んでみせるのが本当であると思っていた。幹夫に、他人の好意に対して陰口を言ったり嘲笑ったりするようなことを文代は教えたくなかった。

そんな風に気をつけているのだからと、文代は、幹夫が大喜びをせぬまでも、一所懸命に組立てるだろうと想像していた。ところが、食器洗いを終えて振りかえってみると、幹夫は、つまらなそうにテレビのメロドラマを見ているのである。

「組立てないの？」

と、文代は言った。

幹夫は、あわてて投出していた足を引込めて、今、食休みをしていたのだと、言訳じみて答えた。テレビを消し、包装紙の端を引張って引寄せる。

気のりのしない様子であった。が、組立て始めると夢中になり、つい手を出しそうになる文代の手を、「一人で出来るってば」と押しのける。たちまち、スチール製の青い棚が出来あがった。

「どう？」

文代は、いささか得意気に幹夫を見た。一週間ほど前、幹夫が、従兄から貰った木彫りの熊や、繁夫との合作になるプラモデルの船の、置場所に困っていたのを忘れずにいたのである。

幹夫は、鼻の頭にうっすらと汗を浮べていた。文代が口を出す前に、繁夫の日曜大工セットから、ねじ釘やねじまわしを取出して来、自分の部屋へ運んでゆく。

青い棚は、白い壁やカーテンにマッチして、部屋をいっそう明るくした。

文代は、無能な母親のように幹夫のあとについて歩き、うっとりと、この狭苦しい『城』を見廻した。

この『城』こそ、かつて文代が欲しくてならないものであった。空襲で焼け出されて以来、間借り、社員寮と、顔をあげれば家族の誰かと目が合うような所で育ち、試験勉強をするのにも苦労した。結婚後もアパート暮しで、幹夫にも勉強部屋を持たせてやれないのかと、ずいぶん苛々したものである。見たいドラマが始まったところでテレビを消して宿題をやらせ、そのあと、幹夫は幹夫で、こうすればテレビを消さなくとも眠れるよと、頭から蒲団をかぶった。男の子だから何も言わなかったが、心のうちではやはり、父親と兼用ではない机のある、自分の『城』が欲しかったのではあるまいか。

幸い、一昨年の七月、この団地の3DKがあたった。

マッチ箱に区切りをしたような家に住めることになったのを、幸運と呼んで喜ぶのは、考えてみれば情ないことかもしれない。が、文代は手放しで喜んだ。一つは一家団欒の部屋に、一つは夫婦の寝室に、一つは――少々の妬ましさを感じながら、幹夫の勉強部屋にした。

カーテンは何色にしようかしら、サイドボードも欲しいわ、それからステレオも、だって置く所はあるんだし、幹夫も欲しがってるのよ。

そのステレオも、幹夫の部屋にある。

絵も習わせてやったし、あたしの娘時代に比べたら、どんなに恵まれているか――

ふっと我にかえると、いつの間にか幹夫は、机の前に立っていた。

「何を積んでるの?」

幹夫は、手に持っているノオトの頁(ページ)をパラパラと繰(く)ってみせた。濃い鉛筆で、漢字がびっしり書いてある。五年生、四年生の時のノオトや教科書も、捨てずにとってあったらしい。

「そんなもの、のせるの?」

と、思わず文代は言った。幹夫はのせかけたノオトをおろし、じゃ何をのせる?と、挑戦的な態度で尋(たず)ねる。文代は、どぎまぎしたのを懸命に隠し、母親らしい鷹揚(おうよう)さをみせて言った。

「作りがやわだから、重い物はどうかなと思ったんだけど。——そうね、いずれ附属へ入ったら、参考書を並べるようになるわね」

机の上の幹夫の目が、一瞬、鋭(するど)く光った。文代は目敏(めざと)くそれに気付き、あわててつけ加えた。

「ま、お好きな物をのせて下さいな」

幹夫は、唇(くちびる)の端で笑った。

文代は、肩をすくめてみせると、息子の部屋を出た。

ダイニングキッチンの椅子(いす)に腰をおろす。

気になる。

参考書という言葉が、それほど不愉快だったのだろうか。

文代は、幹夫に附属中へゆけと言った覚えはない。むしろ、自発的に受験準備を始めたのだが、それでもやはり、宿題のないのをよいことに、遊び呆けている友人達を見ると、一日の大部分を机にしがみついて過す自分の生活に、厭気がさすのかもしれない。だとすれば、あやまらなくては。母親であろうと父親であろうと、非は非と素直に認めなくてはならない。

文代は、もう一度、幹夫の部屋へ入ってゆく口実を考えた。

隣の部屋で、柱時計が鈍い音で鳴る。

「そうだわ。もう三時半じゃないの」

文代は威勢よく立上った。

すいかを切ってやろう。すいかはビタミンCが少いそうだが、幹夫はすいかが好きだ。

文代は、すいかを小さく切り、ガラスの皿に入れて、アイスライサーで作ったかき氷をのせた。繁夫は、これじゃ食った気がしないと言うが、幹夫の友人達の間では好評で、女の子などは、お店で食べるみたいだと目を輝かせ、いいお母さんねと、幹夫を羨ましがるのである。

「幹夫ちゃん、おやつ――」

幹夫は、入口に背を向けていた。机の上におおいかぶさるような姿勢で、何かやっている。

文代の声を聞くと、ぎくりと肩をふるわせて振向いた。

「氷すいかにしたわよ」

幹夫はちょっと躊躇ったが、皿を受取る為に立上った。

机の上には、十円玉が並んでいる。勘定をしていたのかしらと、文代は思った。

「貯金してるの?」

幹夫は真面目な顔で頷いた。

「手を洗わなくちゃ駄目よ。お金って穢いんだから」

幹夫は、もう一度、真面目な顔で頷いた。

そして、十円玉を一つずつ、かっちゃんかっちゃんと、貯金箱の中へ落していった。

はじけるような笑い声が、ジャングルジムの向う側から聞えてきた。

子供達は、自分がどんなことを喋っているのか、正確にはわかっていないくせに、好んで卑猥な言葉を口にする。

水飲み場にいる幹夫の耳にも、それは届いていた。

加代子と淳一がどうしたという、残酷な臆測や嘘を、幹夫も嫌いではない。が、話には加わろうとせず、すっと仲間から離れてしまう。

「いい子ぶってやんな、あいつ」

と、荻田君が嘲笑うのも無理はなかった。

「妬いてるんだよ。あいつ、一時加代子に凝ってたじゃないか」

佐藤君の声だ。

「な、小名木、そうだよな」

こんな時、幹夫は言い返してやることが出来ない。荻田君と佐藤君は、顔を見合せてわざとらしく笑った。

幹夫は、ふん、と肩を揺すると、出口に向って歩き出した。その背へ、荻田君が大声を浴びせる。

「わざわざ附属へいってさ、県立高校落っこちたらどうする？　カッコ悪い！」

「ふん」

幹夫は振りかえりもしなかった。

「待てよ。一緒に帰る」

佐藤君が追いかけてきた。「じゃあな、バイバイ」と手を振ったらしい荻田君は、越えてはいけない土手を越えて行く積りだろう。

「五組の青山も、附属を受けるんだってな」

佐藤君の口調は、たった今、憎まれ口を叩いていたとは思えないほど静かである。幹夫は、気のない返事をした。

先程まで長く伸びていたジャングルジムの影も、幹夫達の影も、すっかり薄くなっている。

佐藤君は、幹夫の顔をのぞきこんで、

「夏休みが短くてしょうがないだろう」

と言う。生真面目な顔をしているが、うっかり返事をすると、どんな皮肉がかえってくるかわからない。

幹夫は、こっそり胸のうちで、長くてやりきれないんだよと答えた。

早く学校が始まった方がいい。

牛乳配達をして得たお金でスパイクを買い、日の暮れるまでバットを振り、グランドを駆け廻っている荻田君も、「夏休みになると何も出来ない」と愚痴をこぼしている佐藤君も、学校が始まれば、一日の大部分を拘束される。そうなれば、一日の残りを誰がどう使おうと、夏休みほど目立たなくなる。荻田君から「落っこちたらカッコ悪い」とからかわれることも、佐藤君から皮肉を言われることも少なくなるだろう。

それともう一つ。もう一ついいことがある。ママとの接触時間が少なくなることだ。ママときたひには、幹夫のしたいこと、やりたいことには何でも興味を示すのだから。

荻田君の家で食べたかき氷がおいしかったと言えば、すぐさまアイスライサーを買いに行き、木彫りの熊を飾りたいと言えば、青い棚を買ってきてくれる。なまじ一年生の時から成績がよかったものだから、勉強など飽き飽きしている今でも、幹夫君は出来るという評判を失いたくない為に勉強する、と、ママの方でも気を合せて、通知簿の上り下りを気にしてくれる。なにしろ、幹夫の好きな漫画の主人公さえ知っていなければ不安らしいのだ。

浅見さんの小母さんには、あたしは放任主義よと言い、パパには、締めるところは締めているわと言う。つまり、理想的な母親に近いと自負しているらしい。

確かに、悪いママではないと思う。こうして欲しいと幹夫が思うより先に、やってくれているのだから。ステレオもレースのカーテンも、絵の勉強にしたってそうだ。

だが、ママは狡い。

ママの子供の時より幹夫はずっと恵まれている、ママのお母さんよりママはずっとよい母親だと言外に言い、だから、理想的なよい子になれと、無言で強制する。そのくせママは、非実用的な徳利や、使いもしない菓子器を買ったりして、適当に息抜きをしているのだ。

ママが浅見さんの小母さんに菓子器を見せて喜んでいる時も、幹夫は勉強している。確かにママは、附属中へ入れとは言わなかったけれども、理想的な子供、つまり頭脳も優秀であることを証明する為には、附属中を受験するよりしかたがないじゃないか。

幹夫は深呼吸をした。道は、これからだらだら坂になる。

佐藤君は、暑いのに両手をポケットに突込んでいた。わざわざどぶのそばを歩いているから、もう話しかけてはこないだろう。

幹夫は空を眺めた。

あの時の空の色も、ちょうどこれくらいの暗さであった。西の空にわだかまる濃い灰色の雲の中に、まだ赤い光が僅かながら残ってい、東の方から、澄んだ青色が徐々に鈍い青色へと変ってきていた。

弱虫だった、と、今になってみれば幹夫自身も思う。

団地に引っ越して来た為、今まで歩いて通っていたアトリエに、乗物を使わねばならなくなった。何回かは文代がついて来てくれたのだが、一人で通えると強情を張り、とうとう文代をおいて出て来た、その日の出来事であった。

もう二年前のことになる。

その日は電話がかかってきたり、不意の来客があったりして、先生は、しばしばアトリエを出てゆかねばならなかった。その為に、描きあがった絵を先生に見てもらうのが遅れ、アトリエを出たのは、六時半を廻っていたのではないだろうか。

駅まで来た幹夫は、ポケットに手を入れて青くなった。

財布がないのである。

幹夫は、うろうろと今来た道を引返した。

なぜその時、アトリエの前まで行きながら、ブザーを鳴らさずに戻ってしまったのかわからない。先生にわけを話せばよかったのだ。知恵が廻らなかったと言えばそれまでだが、現在の幹夫には、歯がゆいくらいである。

ともかくその時は、アトリエを出る時ポケットからハンカチーフを出した、その折確かに財布が手に触れたのだからと、県道へ出てしまった。

幹夫は、泣き出したいのを耐(た)えて歩き出した。

家へ帰るには、国電で十分、それからまた、バスで十分ほど揺られねばならないのである。とても歩いて帰れる道程ではなかった。

肩を落し、六号のカンバスをひきずるようにして歩いているのに、誰も振りかえってすらくれなかった。

バスが追い抜いてゆき、オートバイが追い抜いていった。

駅の近くで女学生に時間を尋ねたのは、誰かの注意をひきたかったからである。決してお金が欲しかったわけではない。が、女学生は、泣き出しそうな幹夫の表情を見ると「どうしたの?」と尋ねてくれ、事情を聞くと、ハンカチーフにくるんであったがま口を開けてくれた。

白いブラウスの胸もとで開けられたがま口の赤い色を、幹夫は、鮮かに思い出すことが出来る。

嬉(うれ)しかった。

頬が、かっ！と火照ってくるのをどうすることも出来なかった。

幹夫は、素早いお辞儀をすると、爪先をお尻の方まであげて走り出した。

女学生は、小学生が笹原団地まで帰れるだけのお金——十円玉を三個、幹夫の掌に握らせてくれたのである。

文代は、幹夫が財布を落したことは知っているけれども、お金を貰ったことは知らない。乗車券を買ってから、財布を落したのだと思っている。六年生になってからは、絵を描くこともやめてしまったので、ママは永久にそう思っていることだろう。

長い坂道をのぼりつめると、暗くなっても帰ってこない幹夫を心配して、団地のはずれまで迎えに来ているママの姿が見えた。

「本屋さんで万引した子がつかまったんですってよ。ご存じ？」

と、浅見夫人が言った。文代は今、一階の浅見家にいる。

団地の中の書店で万引を働いた子がいる、とは、文代も聞いていた。小学校の高学年か中学生くらいの男の子で、その挙動を怪しんだ店員が声をかけると、一目散に逃げ出したという。つかまったというからには、また、その子は棚から本を引き抜いてゆこうとしたに違いない。

「知らなかったわ。で、どこの子だったの?」

「それがねえ……」

と、浅見夫人は声をひそめ、そのかわりに身ぶりを大きくする。

「この団地の中の子じゃないかと思うの。だって、本屋さんたら、聞いても言葉を濁(にご)すのよ。よその子だったら、はっきりどこの子だって言うでしょう?」

「そうね。多分、そうでしょうね」

「団地の子よ、きっと。それで本屋さん、黙ってるに違いないわよ」

浅見夫人は、あごを引いて言い切った。

「団地の子だったら――」

と、文代は暗い目つきになる。

「欲しい本ぐらい、買ってもらえるんだろうに。おお、やだやだ。だから子供はこわいわ」

「お宅の幹夫ちゃんは大丈夫よ。こんなママがついてるんだもの、脇道へそれるスキがありゃしない」

「あら、うちは放りっぱなしよ」

「教育ママほど、放りっぱなしって言うんですってさ」

文代は、露骨（ろこつ）に不快な顔をしてみせた。幹夫の成績がよいのは、文代が教育ママだからではなく、幹夫の頭がよいからである。そこのところを間違えないでもらいたい。

文代は、さめたコーヒーを啜（すす）って立上った。

「もういっぱいどう？　まだ三時前じゃないの。ゆっくりしてらっしゃいよ」

「ええ、ありがと。でも、幹夫が一人で勉強してるのよ。息子に勉強させておいて、母親がのんびり遊んでるわけにもいかないでしょう？」

「いいママだわねえ、あなたは」

浅見夫人の讃辞（さんじ）を、文代は鷹揚な笑顔で受けとめた。少くとも、すぐに金切声をあげる浅見夫人よりはいいママであるという自信はある。

文代は、コーヒーの酸味が残る口中を舌（した）でなめまわしながら、階段をあがっていった。

ドアを開けると、幹夫が待っていた。

ズボンをはきかえて、理科の教科書とノオトを持っている。文代の顔を見ると、青山君のうちへ行くのだから、バス代が欲しいと言った。

「青山君？」

クラスは違うが、やはり附属中を受験する子で、目下（もっか）猛勉強中だという。

「で、どこの子？」

ちらと、幹夫は上目（うわめ）使いに文代を見た。文代はあわてて、

「行先を教えてくれなくっちゃ、何か起った時に、ママ困っちゃうもの」

と、つけ加えた。

それもそうだねと幹夫は頷き、市内循環のバスを市営球場前で降り、進行方向へ少し歩いて右へ曲るのだと、詳（くわ）しく説明した。

わかった？　あそこまで来れば、割に大きなうちだし、表札も大きなのが出てるから、すぐわかると思うけどな——。

文代は大きく頷いた。

「バス代だけでいいの？」

お小遣は持っているという。文代は、五十円玉を渡してやった。

「暑いから帽子をかぶってらっしゃい」

幹夫はもう靴をはいていたのだが、素直に、部屋へ帽子をとりに戻った。

「いってらっしゃい」

いってきます。運動靴の足音は、すぐに消えた。

文代は、幹夫が出かけたあと、とりこんだ洗濯物をたたんでいたが、ふと立上ると、幹夫の部屋へ入った。

主人のいない部屋というものは、いる時よりいっそう強く、主人のにおいをさせているものだ。幼い幹夫の部屋も例外ではない。ハンガーから、だらんと吊下っているズボンにしても、揃えただけで、ついに読まなかったらしい本箱の文学全集にしても、生気を失っているくせに、他の人が触れるのを拒むように、幹夫のにおいだけは、強く発散させている。

文代は、その必要もないのに、物音をたてぬように気をつけて動いた。

文代は、時折、こういうことをする。

幹夫の留守に、そっと机の引出しを開け、鞄の中を探り、幹夫の心のうちを読もうとするのである。書きかけの作文から、思いもよらなかった母への不満を知り、あわてて改めたこともある。ノオトの裏に書いてあった走り書きから帰り道の買い食いを知り、それとなく注意したこともある。

また、それとは別に、読みにくい平仮名ばかりの文章から文代の忘れていた漢字さえ混じる文章へ、いびつな数字から達者な数字へと、そこに子供の成長を見て、楽しもうとする気持もあった。

文代は、大きい方の机の引出しを開けた。

画用紙と原稿用紙と、大学ノオトが入っていた。画用紙はもちろん、原稿用紙にも大学ノオトにも、何も書かれていない。

小さい方の引出しを開けた。

一番上には、こわれた筆箱(ふでばこ)、キャップのない万年筆などが、手をつけてない何ダースかの鉛筆や消ゴム、三角定規(じょうぎ)などと並び、二番目には絵具箱、下の引出しには、工作セットと硯箱(すずりばこ)が、きちんと入っていた。

文代の見たい物は何もなかった。

文代は、引出しを閉(し)めて棚の上を見た。

以前は、夏休みの宿題の中に、日記をつけることも入っていた。しかし、棚の上にあるノオトは、文代が一度は目を通したことのある、使い終ったものばかりであった。

「ないわ」

今すぐに日記や作文を読まなければ、今後の教育方針がたてられないというわけでもないのだが、見つからないとなると、是が非でも、いたずら書きの紙片でもよいから読んでみたい心持になる。

文代は、机の脚(あし)に寄りかかっている通学鞄に視線を落した。

当然のように、止め金に手をかける。鞄の手は、汗がしみこんでいるのか、じっとりとしめっていた。

社会科の教科書にいたずら書きがある。四角くいかつい顔は、まぎれもなく担任教師の似顔(にがお)であった。文代は、P・T・Aで会ったその顔を思い出して苦笑した。この子、漫画家にしようかしらん。

算数のノオトにも、いたずら書きがあった。

『あと何枚必要か』と、余白(よはく)にかなり大きな文字で書かれているのである。

「何が必要なんだか」

文代は、さほど気にとめなかった。授業中、教師がふと口にした言葉を、そのまま書いてみただけのことだろうと思った。それくらいのことは、やってくれた方がいい。どんどん教師の似顔を描いて、友達を笑わせてもいい。いわゆる模範生など、文代は嫌いだ。

文代はノオトを閉じ、見たことを幹夫に気附かれぬよう、注意深く鞄の中へしまった。

幹夫は、バスに揺られている。バスは空いていて、埃っぽかった。

今頃、ママは机の引出しや鞄を開けているに違いない。以前は、ママがそんなことをしているとは少しも知らなかったから、幹夫ちゃんは引算が苦手なんでしょ？などと言われると、ママは魔法を知ってるんじゃないかと、恐しくなったものだ。

悪ふざけをして教卓の上の花瓶をこわした時、或いはパパの叱言がどうしても納得出来なかった時、幹夫が教師への言訳を考えていたり、パパの言うことは一方的だと腹を立てていたりすると、必ずママがもの静かな口調で諭し、宥めてくれた。どうして僕の心の中がわかるのかと目を丸くして尋ねると、幹夫ちゃんの考えていることぐらいわかるわよと、ママは胸をそらせて答えた。

いつまでも胸をそらせていたいのだろうが、そうはゆかない。

幹夫は、鞄の中のノオトの位置が違っていたり、引出しの中の雰囲気が、微妙に変っていたりすることに、大分以前から気附いている。

ママは、幹夫を自由に振舞わせているような顔をしながら、実は、執拗に監視しているのだ。

物わかりのいいママだなんて、浅見さんの小母さんを始め、誰でもが言うが、そう言われたい為に、ママは幹夫の意に逆らわないようにしているのではないか。いいママだと思われたい為に、幹夫のご機嫌をとっているのではないか。

ママを嫌いではないが、魔法の種を易々と提供してやって、得意顔されるのも馬鹿馬鹿しい。だから、最近の作文には、季節の移りかわりとかスポーツ大会を見てとか、あたりさわりのないことばかり書いている。

それでもママは、引出しや鞄の中を探る。

息が詰りそうだ。

ほおっと大きなため息をついた時、車掌が「次は市営球場前でございます」と言った。

幹夫は知らん顔をしていた。

車掌の声が聞えなかったのではない。最初から、青山君の家へ行くのが目的で家を出てきたのではないのである。

バスは市営球場前を通過した。

S町を過ぎ、車掌はけだるい声で「次は商業高校前でございます」と言った。

幹夫は、首をねじって窓の外を見た。

いるか?——

いるいる。

やはり今日は登校日であった。

商業高校前から乗ってきた二人の女学生は、身ぶりも添えて、夢中で話合っている。一人は真黒に日焼けしてい、もう一人は、お土産(みやげ)らしい包みを抱えていた。楽しかった、あたしも行きたいという言葉が頻繁(ひんぱん)に出てくるのは、旅行に行った話でもしているのだろうか。

バスは、国鉄N駅入口に到着した。ほとんどの乗客が、ここで降りる。その中に幹夫も混じっていた。

幹夫は売店の近くに立止り、バスを降りた人々が改札口の中へ吸いこまれてゆくのを、じっと見送った。一歩歩く度(たび)に笑いさざめいていた女学生達も、ようやく改札口の中に消えた。

もう誰もいないか。売店で煙草(たばこ)を買っている人は、今、バスから降りた人ではないか。

幹夫は、注意深くあたりを見廻してから、たった今、バスで来た道に戻った。真直(まっす)ぐな、長い道であった。

これから焼けつくような日差しと、アスファルト道路の照返し(てりかえ)の中を歩いてゆくのである。幹夫はポケットからハンカチーフを出して額(ひたい)の汗をふき、帽子をかぶり直した。

足早に歩き出す。えりくびのあたりに、すぐ汗がにじんできたのがわかった。

もう駅へ向う高校生の数は少い。クラブ活動をしていたか、久しぶりに会った友人とのお喋りにうつつをぬかしていたかする生徒達が、ぽつりぽつりと、帰ってくるだけであった。

その方がいい、と、幹夫は思った。あまり大勢いて、高校生の中に埋もれるような形になるよりいい。

向うから三人連れが帰ってくる。だが、女学生ではなかった。赤く、穢く日焼けした男子高校生で、すれちがう時に、ぷうんと汗の臭いがした。

男子なんかに用はない。

しかし、もう一組、ワイシャツの背中に黄色いしみを拵(こしら)えた汗臭いのとすれちがった。

チッ、と、幹夫は舌打ちをする。

女学生だ、女学生に用があるのに。――

来た！

白いブラウスと紺のスカートの深い襞とを、動く度にちかちか光らせながら、彼女達は賑やかに歩いてくる。

更に足を早めた幹夫は、通り過ぎようとした彼女達に、ためらいがちに声をかけた。

「あの、済みません、今何時ですか」

「三時十分過ぎよ」

彼女達は足を止める。通り過ぎてしまうことはない。そこで幹夫は、努めて明るく言う。

「僕、小澤病院の近くまで帰るんだけど、お財布落しちゃったの。四十分もあれば着きますね？」

「そりゃ着くことは着くけど——」

女学生達は顔を見合せる。どうする？　この子、お財布落しちゃったんだって。ねえ、どうする？

幹夫は、焦れて地面を蹴りたいのを我慢して、お腹の中で叫ぶ。どうするんだよ、お姉さん達。バス代をくれるの、くれないの？

もう待てない。これ以上待っていたら、もの欲しげに見えてしまう。

幹夫はいきなり駆けてゆこうとした。こうすればたいていの場合、呼びとめてくれる。

「ちょっと待って」

一、二の三。それ！　さあ、どうだ。

そおら、思った通りだ。一人が握っていた定期入れを開いている。そこから十円玉を一枚取出して、幹夫の掌に置いてくれた。

「うわあ、どうもありがとう」

幹夫は、目を輝かせて礼を言った。これで十円玉は十二枚になる。

女学生達は、満足そうな顔を再び見合せた。この十円玉が、茶褐色の渦の一部になるのだとは知る筈（はず）もない。

幹夫は、十円玉をつまんで振ってみせた。女学生達は、「バスストップはあそこよ」と、指さしながら離れていった。

へん！　ざまあみろ。

誰にともなく快哉（かいさい）を叫びたい気持であった。

溜（たま）った百二十円で、荻田君に氷イチゴをおごってやったら、荻田君はどんな顔をするだろう。冷たい物はやっぱしうまいなと、日頃とはうってかわった大人(おとな)しさで、匙(さじ)をなめるかもしれない。

幹夫は、帽子を脱いで汗をふいた。

暑い。

商業高校前から市営球場前まで歩いてゆくのは、流石(さすが)に億劫であった。といってバスに乗れば、今手に入れたばかりの十円を使わねばならない。ママは五十円くれたが、笹原団地と市営球場前までの往復なら二十円だと、ちゃんと計算しているだろう。

幹夫は爪(つめ)を噛(か)んだ。

が、考えることはなかった。

「先に行っちゃうわよ」という甲高い声がして、校門から二人の女学生が出て来たのである。

幹夫はためらわなかった。足早に近づいて、だが、おずおずと時間を尋ねた。

「三時二十一分。いや二十二分かな」

女学生は腕時計を見比べて答え、どうしたの？　と言いたげな目を幹夫に向ける。幹夫は、言い慣れている言葉を口ごもりながら言った。

「あの、僕、小澤病院の近くまで帰るんですけど、ここから四十分で行けますね？　僕、お財布落しちゃったの」

「馬鹿ねえ、この暑いのに歩いてけるもんですか」

怒っているような口調だった。幹夫は神妙な顔でうなだれた。

「さあ。バスに乗ってきなさいよ」

目の前に十円玉が突出された。

成功である。どうしてこう、女学生は気前がよいのだろう。

幹夫は目を輝かせて受取り、ちょうどそこへ来たバスに乗った。

二人の女学生は、喜んでバスに飛び乗った小学生を見送っている——と、幹夫は思った。が、彼女達は、追いかけてくる友人を待っていたのだった。

息せききって校門から飛出してきた女学生は、先の二人に大声で言った。

「今の子、もしかしたらお財布落したって言わなかった？」

二人は訝しそうな顔を向けた。

「言ったわよ。どうして？」

「まったくもう！」

息をはずませている女学生は、拳をふりあげる。

「やっぱりそうだったんだわ。似ているとは思ったんだけど、まさか向うの方から、その子の言ってることは嘘よなんて怒鳴れないでしょう」

「嘘？」

「知らなかったの、あんた。有名じゃないの。親の顔が見たいって、みんな言ってるわ。あたしは映画館の前でやられたし、飯島さんは駅で、加納さんは……」

被害者の名前はまだ続いている。その名前を聞きながら、気前のよい二人の女学生は幹夫の顔を正確に思い出そうとしている。

が、幹夫は何も知らない。二、三日後、いや明日にもまた、この道を歩き、すれちがった女学生に時間を尋ね、お財布を落したと言うかもしれない。

今、幹夫はバスに揺られている。

女学生から貰った十円玉を、落さぬようポケットの奥深く入れて、青山君に教えてもらいたい理科の問題を、真剣に考えていた。

特別収録2

新選組、流山(ながれやま)へ

『物語　新選組戊辰戦記』（新人物往来社）一九八八年刊行のアンソロジーに掲載。
歴史読物。土方歳三に関する小説を複数書いている著者の原点とも言える作品。

急遽五兵衛新田に逗留

慶応四年（一八六八）三月十三日深夜、四十八人の男が足音も荒く、五兵衛新田の金子健十郎方に到着した。五兵衛新田は、現在の地下鉄千代田線綾瀬駅近く、東京都足立区綾瀬四、六、七丁目と西綾瀬四丁目付近を含む広い地域の旧字名である。

健十郎が村方一統にあてた口上書には、親類の泉谷次郎左衛門から使いが来て、出入りの御屋敷で、国許へ帰ろうとしたのだが時節柄あれこれ支障が起こって困っている、ひとまず近在に立退き、一両日の間滞在したいと言っているので、十五人ほどの宿をひきうけてくれとたって頼まれたとある。多勢の客を泊める予定にはなっていたのである。が、まさかそれが、甲州柏尾での戦さに敗れた新選組であろうとは思わなかったにちがいない。

健十郎は話が違うと抗議したものの、その中の一人にとうとう弁説をふるわれてやむなく承知、翌十四日には大久保大和と名を変えている近藤勇が、十五日には内藤隼人の変名で土方歳三が到着している。そして一両日どころか、半月以上も逗留する。

五兵衛新田を離れたのは、四月朔日のことだった。行先は、下総流山である。健十郎の覚え書によれば、この時、新選組の人数は二百二十七人にふくれあがっていた。彼らは米代その他の費用、三百四十二両を踏みたおし、せめてもの謝礼にと金二千疋と近藤の写真一枚を置いていった。

流山へ、田中陣屋乗取り計画

新選組がなぜ流山をめざしたのか、中島登覚書、島田魁日記がともに、五兵衛新田で兵を集めた後「下総ノ流山ニ至リ宿陣ス」と素気ないことはよく知られている。立川主税は官軍が江戸へ入ったから流山へ移転したのだと書き、近藤芳助は高橋正意に宛てた書簡で、流山の屯営は鎮撫に名を借りたものだと言っているが、いずれも、なぜ行先が流山であったのかはわからない。ただ、その時、香川敬三らの東山道軍が板橋から千住をめざして進軍中であり、これが五兵衛新田を離れる原因であったことは間違いない。

かつて流山は江戸川を利用して江戸へ物資を運ぶ中継地であり、また醤油、味醂など醸造業の町でもあった。慶応、明治の頃は劇場や寄席が灯をともし、相当な賑わいをみせていたという。が、二百二十七人もの武装集団がその賑わいの中に隠れられるわけもない。

山形紘氏は新選組の流山入りを、駿河国田中藩本多家が、下総にある飛地の管理のために設けた加村台屋敷の占拠にあったのではないかと推測されている（『新撰組流山始末』）。

これを裏書きするように、近藤勇付きであった田村銀之助は、史談会速記録に次のような談話を残した。

「最初、東京付近の五兵衛新田という所に出ました。それから流山という所に出ました。（中略）ここには田中の陣屋というのがありまして、つまりこの陣屋を乗取る計画で、大砲その他相当の武器もたくわえ、蔵の中にしまっておいたところが、不意に官軍に囲まれてしまった」

この遺談中の田中の陣屋が、流山の隣村、加村にある加村台屋敷である。銀之助は当時、子供であったし、筆記したものもすべて失くしてしまって充分に記憶していないとの注釈をつけているが、逆に子供であったからこそ、田中の陣屋乗取り計画を鮮明に記憶していたともいえる。

また、関東代官佐々井半十郎は、五兵衛新田滞在中の近藤への返書の中で、「かねてからの利根川（現・江戸川）の向うへの移転の話、承知致します」と言っている。江戸川の向うがどこであるのかはっきりしないが、少なくとも東山道軍が千住へ進軍を開始する以前に、五兵衛新田を離れる計画はあったのである。ところが同書簡は、「陸軍奉行並の松平太郎氏は、何やら深い見込みもあるので、これまでの場所に隠れていてもらいたいそうです」と、途中から移転してもらいたくないような口調になる。

山形氏は、佐々井が西軍の東海道先鋒総督府に勤王証書を出していた証拠をあげられ、「新選組を五兵衛新田に釘付けにして、自己の保身をはかっていた」と述べられている。松平太郎は抗戦派だが、陸軍総裁を辞職してのち軍事取扱の職についた勝海舟は、「時の勢いもわからずに、みだりに戦争を起こそうとする。（略）陸軍の士官らも大きなことを言うだけで、何の策もない」と、その日記に書く男である。中間管理職の身としては、新選組と松平太郎の間に立っていながら海舟やら総督府やらの顔色も窺わねばならず、俺をまきこまずに動いてくれと叫びたい心境だっただろう。

それはともかくとして、新選組に江戸川の向うへ行く計画はあったのだし、田中藩の代官所には、須藤力五郎らの佐幕派がいた。新選組の計画が田中の陣屋乗取りであったとは、充分に考えられる。
が、ここでは別の話を紹介したい。

近藤の心の葛藤と孤立

赤穂浪士研究の権威者、佐々木杜太郎先生の遺談としてO氏から伺った話だが、新選組が流山をめざした理由は、女性だったというのである。近藤勇の愛人芸者は、桂小五郎の愛人幾松の妹芸者で、その芸者が下総流山の薬屋の娘だったという。

昭和初年に三鷹の宮川家で聞いたこととして、古いノートに書きとめてあるとも仰言ったそうだが、残念ながらその十日後に先生は亡くなられた。今となっては確かめるすべはないものの、物語としては魅力がある。

人は、まるで知らぬ土地への移転を望みはしない。まして当時の近藤は、永倉新八、原田左之助らに去られ、沖田総司を病いで欠き、そばにいるのは土方ただ一人という淋しさだった。京都時代の愛人のいる流山に、いいようのない懐かしさを感じたとしても不思議はない。

近藤から流山の話を聞いた時、土方の頭に浮かんだのは、江戸郊外の地図ではあるまいか。流山は江戸川べりにあり、舟を利用すれば江戸との往来は容易である。そこへ、おそらく当時近藤が身を寄せていた松本良順（まつもとりょうじゅん）あたりから、田中の陣屋には佐幕派もいる筈（はず）との情報を得た。新選組の再出発にこれ以上うってつけの土地はない。土方は乗気になった。

また、流山に残る新選組の話には、好意的なものが多い。悪口が出るほど長い間滞在していなかったのだと言われればそれまでだが、彼らを悪く言わない土地柄、つまり、佐幕派に味方し、新選組に協力する人たちがいたのではあるまいか。想像をたくましくすれば、近藤の愛人親子の根まわしがあったのだろう。

その根まわしの中に、長岡屋（ながおかや）も入っていた。話が少し先に飛ぶが、西軍の進軍開始を聞いて流山へ向かった新選組は、田中の陣屋とは目と鼻の先の長岡屋に陣を置く。長岡屋の協力があったとしても、妙な話である。陣屋のあった場所は現在流山市立博物館と図書館のある場所で、新選組屯所（とんしょ）跡までは、女の足でも十分ほどの距離でしかない。しかも陣屋の位置は高く、二百人もの武装集団が到着したら、勤皇派に気づかれずにはいない。仮に官軍を名乗るつもりだったとしても、佐幕派との連絡はとりにくくなるのではなかろうか。

私は、長岡屋を偵察隊の宿泊所にする予定だったのだと思う。長岡屋がどれくらいのスペースを新選組に提供していたのかわからないが、現在の屯所跡の広さでは、多人数の男たちは寝起きできない。土方は甲州での失敗に懲り、心きく五、六人を送り込んで偵察をさせ、一気に陣屋を押し潰すつもりだったのではないかと思うのである。

が、近藤は、あくまでも幕閣の許可を得てから動こうとし、結果的には時を失してしまう。

近藤は、甲州出兵の前にあたえられた格式をあまりにも喜び過ぎた。譜代大名並の若年寄格で、この時、土方も三千石以上の旗本の寄合席格となっている。すでに政権を失った旧幕府から、若年寄という役職の格式をあたえられたところで何の意味もないのだが、近藤は、甲州敗戦後、会津行きを提案した永倉に対しても、

「私の決議には賛成しかねる。が、自分の家臣として働いてくれるなら行ってもよい」と失言してしまう。

若年寄が、私の決議に軽々しく賛成するわけにはゆかない。行く時は、自分が全責任を負うようにしなければ。

この愛すべき理屈にまで考えが及ばなかった永倉、原田らは、憤然として去って

行った。五兵衛新田でも、近藤は、私の決議である流山行きの許可を願い出て、公（おおやけ）に行動しようとしていたのである。

一方、金子家資料によれば、西軍は早い時機から新選組の動きをキャッチしていた。金子家の口伝（くでん）では、屋敷近くにまで押し寄せた西軍が大砲を撃ち込む相談をしていたとのことであり、近藤も土方も、予定のくるったまま流山へ行くほかはなかったにちがいない。

ここで、おそらく近藤の戦意は失（う）せていた。盟友を次々と失い、文字通り血みどろとなって生きてきて、最後に得たものがかつての愛人との再会だけだったとしたら、近藤ならずとも苦い笑いを浮かべずにはいられないだろう。

俺はもう、ただの男でいい。陣屋の乗取りも新選組の再編成も、土方にまかせる。土方なら、万事うまくやってくれるだろう。そう思っているうちに、西軍が彼らを囲んだ。

近藤逮捕（たいほ）の顚末（てんまつ）

有馬藤太（ありまとうた）談、『近藤勇を逮捕（たいほ）するまでの顚末（てんまつ）』によれば、四月三日早暁（そうぎょう）、新選組を包囲して鉄砲の応酬があった後、一人の武士を守って二人が白刃をくるくる振り回しながら近づいてくるのを見つける。発砲をとめていると、三人は刀を鞘におさめて礼儀正しく進んで来た。中の一人が近藤で、彼は官軍と知らずに発砲したことを詫び、跡始末をつけてから粕壁の本営に出頭することを約束したという。

有馬藤太は香川敬三が嫌いだったようで、談話はその気持を割引して読まなければならないが、それにしても近藤の戦意のなさには驚かされる。西軍隊士、富田重太郎は、香川と有馬が長岡屋の中に入って行ったところ、近藤と家来が二、三人いて、近藤が「我々は官軍の分隊で、折を見て加勢するつもりだった」と答えたと書いている。

では、新選組側の記録はどうか。

「不意に官軍に囲まれてしまった。どうにも仕方がないので、降参してしまったが、銃はみな取り上げられました。（略）官軍は、銃を取り上げていったん引き上げました。その留守に逃げ出しました。逃げたのは百名ばかりですが、降参の時は夜でしたから、山林畑などに多少隠しておいた銃を手に手に持ち出したのはよいが、鉄砲を持っていて弾薬入れを持たぬ者があるかと思えば、弾薬入れを持って鉄砲のない者がいる始末で、ほとんど何の役にも立ちませんでした」（田村銀之助、史談会速記録三百九輯)。

「四月三日の昼、四百人あまりの敵が、不意に本営を襲ってきた。この時、薩摩藩の有馬藤太という人が来たので、土方公が会った。近藤公と付添いの野村利三郎、村上三郎を、先の有馬藤太が板橋駅の官軍本営へ連れて行ったそうだ。その夜、土方公は、二人の付添いを連れて江戸表へ行き、大久保一翁、勝安房両公に会って事情を話した。それからしばらくの間は、情勢を考えて江戸にいた」(中島登覚書、島田魁の日記もほとんど同じ)。

「四月三日、官軍が不意に押し寄せてきて、防ぐことができなかった。官軍の有馬藤太という人が来て、土方先生が応対した。それによって、近藤先生が有馬と板橋の本営へ行くことになった」(立川主税、戦争日記)。

「板橋総督府はひそかに大軍を船に乗せ、古河から江戸川を下らせた。数十艘が流山に着岸するやいなや、多勢の兵で勇が陣を置いていた屋敷を十重廿重に包囲したので、どうすることもできなかった。(略)折柄、隊の者は二、三名をのぞき、野外訓練のため歩兵を引率して一里か二里も離れた山野に出ていたので、力戦できなかったのである。勇は割腹の決心をして、しばらくの猶予をもらい、二階で数人と相談した。土方は、ここで死ぬのは犬死である、運を天にまかせて板橋総督府へ出頭し、我々は鎮撫隊なのだと主張して相手を納得させる方がいいと言った」（近藤芳助書簡）。

いずれも不意に襲われて、どうすることもできなかったと言っている。

長岡屋は、江戸川べりと言ってもよいほどの近さにある。ひそかに川を渡り、上陸してしまえば長岡屋あたりは一目瞭然、造作なく包囲できたはずだ。

四月三日、有馬藤太に従えば早暁、晩い春の三日月の明りをたよりに、西軍は粕壁を発った。そして、夜明け前の、薄煙のような闇のひろがる午前四時ごろに川を渡りはじめる。流山側に上陸した時もまだ、四方は暗かった。

新選組の見張りは酔っていた。藤太に出会っても西軍の者とは思わず、近藤の居所を教えて行く。佐幕派に心を寄せる人たちの好意があだになり、気もゆるみ、規律もゆるんでいたのかもしれない。

興味をひくのは、近藤芳助の書簡である。彼は、近藤が割腹の決心をしていたと書いている。それをとめたのは土方だった。土方は、ここで死ぬのは犬死にであり、運を天にまかせて板橋へ出頭した方がよいと言う。

事実とすれば、近藤は土方の進言をいれて出頭し、首を斬られたことになる。また、多少芳助の記憶違いが混じっていたとしても、藤太の応対にあたったのは土方であると、中島も立川も書いている。土方と藤太の会談の結果、近藤が出頭することになったのは間違いない。春秋の筆法で言うなら、土方は近藤を殺したのである。

近藤の処刑

土方は、近藤が斬られるとはまったく予測していなかったのだろうか。

近藤を救いだす成算が土方にはあったというが、私はうなずかない。第一の理由は、土方が、近藤救出のため幕府が動いてくれると心底から思っていたとは、とうてい考えられないからである。西軍に捕えられた佐藤彦五郎（さとうひこごろう）の息子救出には海舟も動いたようだが、民間人の救出と、新選組局長の救出とではわけがちがう。後の海舟への依頼は、溺（おぼ）れる者の藁（わら）に近かったのではないかと私は思っている。

第二の理由は、有馬藤太が近藤を見知っていたことである。藤太は、香川敬三や兵たちも近藤であると知っていたように書いている。これは割引くとしても、藤太は「近藤さん」と呼びそうで困ったという。土方はこれに気づかず、鎮撫隊の大久保大和で押し通せると思っていたのだろうか。藤太が大久保大和として応対してくれたからといって、それで大丈夫だと判断したのなら、ずいぶん甘いと言わねばならない。西軍の中に、第二、第三の藤太がいないとは限らず、第二、第三の男は、藤太のように近藤に好意的でないかもしれないのである。

仮に京都時代に新選組に出会うはずのない藩兵で組織されていたとしても、近藤が尋問されれば、その言葉に関東訛りのあることはすぐわかる。関東訛りの武士の集団に、一人でも不審をいだく者がいたら、近藤を知る者に連絡をとる心配は充分にある。

その間に、土方は、近藤救出を海舟に頼むつもりだったと言われるかもしれない。事実、土方は四月四日、海舟に会っている。

が、幕府の新選組に対するつめたさを、誰よりも知っているのが土方ではなかったか。甲州での戦の時、兵力の不足を知って、単騎、笹子峠の難所を越え江戸に引き返し、援軍を乞うたのは土方だった。俗称菜葉隊が神奈川に待機していたにもかかわらず、幕府に援軍を送る意志はなかった。西軍の江戸総攻撃を押えられるかどうかの瀬戸際で、新選組にかかわりあっていられぬ海舟の気持もわかるが、土方にしてみれば、近藤以下新選組隊士が全滅するかどうかの瀬戸際である。この時のつめたさを忘れる筈がない。

決して近藤を死なせはせぬと、有馬藤太が胸を叩いたとも想像できるが、藤太は西軍の高級将校であっても統率者ではない。香川敬三は、この時、参謀でも何でもなく、御旗扱いだったと後年、藤太はいきまいているが、それを信じるにしても、藤太の上には伊地知正治がいる。伊地知参謀が首を横に振ったら、どうしようもない。

私は、子母澤寛氏の「流山の朝」の解釈をとりたい。

土方はあえて近藤を見捨てたのである。

土方は、家臣となるなら云々の失言をした近藤は許せても、また、流山進攻の機を逸し、泰然として割腹すると言う近藤には我慢がならなかった。

近藤の割腹は、新選組の敗北ではないか。幕府にいまだ抗戦派あり、北に会津あり、それなのになぜ、新選組が下総のはずれでみずから敗北を認めなければならないのか。

死を覚悟した近藤の顔は、穏やかなものになっていただろう。京都以来の女性に会っていたのなら、尚更のことだ。

やめてくれ。

そう土方は叫びたかったにちがいない。

新選組の、新選組局長の近藤勇の顔はどこへ置いてきたのだ。

土方は、割腹は犬死にと言い放ち、近藤を粕壁へ出頭させる。藤太が大久保大和が近藤勇であることを知っていると見抜いてのことだった。

近藤は助からぬかもしれぬ。が、新選組の近藤が下総のはずれに追いつめられて腹を切ったと言われるより、隊士を逃がし、名乗って出て笑って死んだと伝えられる方が、どれほどよいか。頼むよ、近藤さん。新選組の顔で死んでくれ。女に会って満足した、甘ったるい顔で死ぬのは、頼むからやめてくれ。

その気持は、近藤に間違いなく伝わったことだろう。近藤は、土方をふりかえり、いかつい顔に靨を浮かべる。

わかった、歳さん。歳さんは泥まみれになっても生きてくれ。新選組の顔で、な。

近藤の声にならぬ言葉が聞えた時、土方は激しい後悔に襲われた。

近藤を失って、何が新選組だ。

長年、生死をともにしてきた友人を見捨てた自己嫌悪に、土方は、西軍が引き揚げたのを見すまして屯所を飛び出す。江戸へは舟で向かったと考えたい。昭和二十四、五年ころ、住んでいたことのある千葉県安食町（現・栄町）は、江戸から川を利用して成田詣でに来る人が舟をおりた所で、町を流れる長門川には、当時もあちこちに舟が引き上げてあった。土方が付添いの二人を連れて走りついた江戸川の岸辺にも、舟があったはずだ。

流山から本行徳へ出て、さらに新川、小名木川と江戸小網町まで舟で行ったのか、或いは途中で舟を捨てて陸路を急いだか。翌四日に、土方は海舟に会う。信じがたくはあっても、頼るのはこの男しかいない。

必ず、近藤を救出すると約束させてやる。

土方の気迫に圧倒されたのか、海舟は「土方歳三来る。流山の顚末を語る」と日記に記し、五日、書状を手附の松濤権之丞にゆだねた。その甲斐もなく、近藤は二十五日に処刑される。江戸を離れて関東を転戦していた土方は、気が気でなかっただろう。海舟の日記によれば、四月十四日にも近藤の門人が救出を頼みに来ている。伝説では、京都三条河原に晒された近藤の首は、新選組隊士が盗み出し、会津へ運んだそうだ。

流山の新選組は、歴史の流れの中にいるどころか、流れに逆らうものでさえなかった。流れの外に立たされていた。が、だからこそ、人間くさいドラマが演じられたのではないかという気がする。

解説――作家の原点がわかる作品群

菊池(きくち)　仁(めぐみ)

本書は二〇一三年に亡くなった作者の単行本未収録の短編をまとめたオリジナル文庫である。今年刊行された『いのち燃ゆ』（角川文庫）、『初しぐれ』（文春文庫）と共に、作者の全容をつかむ上で貴重な作品集であると確信している。

最近は出版不況もあって、故人となった著名な作家でも全集が刊行されることが極端に少なくなった。たとえそれが習作であったとしても、ファンとしては読んでみたいと思う。「ああ、作者にもこんな時代があったのだ」という感想は、読者冥(みよう)利(り)に尽きるというものだ。

本書の編纂(へんさん)意図のひとつはこの点にある。もう一点ある。二〇一三年四月二五日、作者を「偲(しの)ぶ会」があった。会場の一角に生前刊行された作品が集められ、展示されていた。それを見ている時に「あれ?」と思ったことがある。当時、連載されていた作品はともかく、一九九〇年代から二〇〇〇年代に新聞や雑誌に連載され、当然、単行本化されていい長編や、まとめられているはずの連作短編が見当たらないのである。

九一年、新人物往来社「別冊歴史読本・特別増刊時代小説秋号」に四〇〇枚一挙掲載された『春遠からじ』が、未刊行なのはわかっていた。しかし、それ以外にも「小説王」（角川書店）で連載していた『鬼女』、「日本農業新聞」の『化土記』、「北海道新聞」その他の地方紙夕刊の『情歌』、「小説現代」（講談社）の『密約』、「イン・ポケット」（講談社）の『霧笛』等が、連載終了後からかなりの時間がたっているのにもかかわらず未刊行となっていたし、「オール讀物」（文藝春秋）、「小説新潮」（新潮社）、「小説宝石」（光文社）等に散発的に書いていた短編を読んだ記憶があった。それらの多くは単行本未収録であった。

次に紹介する作者自身のエッセイを読むと理由はよりはっきりする。

《さらに一度でよい文章が書けない私は、またまた訂正用の赤いボールペンでゲラを真っ赤にしてしまう。真っ赤っ赤を再度送信するから、ここでもファクシミリ用感熱記録紙が使われるわけである。

限りある資源という言葉が脳裏をよぎる。木々が次々と伐採されていく場面も目の前に浮かぶ。紙を大事にしなければいけない。幾度も書き直しをしなければ、自分も楽だし、資源を大切にすることにもなる、そう思う。

が、雑誌に掲載されたものを見れば、我が文章の稚拙さを嘆きたくなる。単行本とする時もまた、ゲラを真っ赤にせずにはいられない。》

（『お茶をのみながら』所収「ごみ製造業」より）

この文章には完璧な出来上がりを希求する作家としての姿勢が滲み出ている。要するに手直しをしたいと思いながら逝ってしまわれたのである。作者の無念さが伝わってくる。

その無念さを包み込むように一三年後半から一四年にかけて著作の刊行が相次いだ。中でも注目は『ぎやまん物語』（文藝春秋）、『恋情の果て』（光文社）、『化土記』（PHP研究所）、『春遠からじ』（KADOKAWA）の四作品である。いずれの作品も埋もれたままになっていたもので、手に取ることができただけでも感無量であった。

特に『化土記』（「日本農業新聞」〇一年四月～〇二年四月）は、発表媒体の特殊性もあり、単行本化されないかぎり、まとめて読むチャンスは皆無に近い。単行本の帯のコピーに〝構想二〇年〟とあり、それを裏付ける内容であった。なにしろ長年培ってきた独自の歴史観に支えられた題材の選定と物語の組み立て方には、進境著しいものが認められたし、史実と虚構を巧妙に融合した骨格のしっかりした本格的時代小説であった。執筆当時の意欲的な姿勢と充実ぶりが紙面から溢れ出ていた。そんな新たな作品との出会いが刺激となり、未刊行作品の渉猟を加速させた。その結果が本書であるが、それはそのまま《北原亞以子》という作家の〝源流〟を訪ねる旅でもあった。

作者は江戸の市井に暮らす庶民に寄り添い、その喜怒哀楽を情感溢れた文章で描きあげる名手であった。確かにそれが作者の特質だが、決してそれだけではない。作者はまぎれもなく現代の一流の戯作者（物語作者）であった。それは『小説春日局』、『歳三からの伝言』、『まんがら茂平次』、『贋作天保六花撰』、『江戸風狂伝』、『ぎやまん物語』、『春遠からじ』、『化土記』等の作品が証明している。これに未刊行だが、『情歌』、『密約』、さらに作者が初めて挑んだ中世ロマン『鬼女』を加えれば、いかに作者が広い作品領域をもった優れた戯作者であったかがわかる。

良い機会なので書いておくと、前掲の『鬼女』は、残念なことに未完の大作である。連載の第一回は、「小説王」（九四年八月号）であったが休刊のため中断、その後、「小説野性時代」（角川書店）、「時代小説大全」（新人物往来社）と書き継がれたもののいずれの雑誌も休刊となり、二二〇枚でストップ、数奇な運命をたどった。岡本綺堂『修禅寺物語』が象徴する鎌倉時代の闇を題材とした意欲作で、それを雑仕女・こまつの視点から描こうとしたところに斬新さがあった。つまり、本書に収録した短編は、そんな作者の戯作者魂の萌芽を垣間見ることができる。それでは一編ずつ見ていこう。

冒頭の「楽したい」（朝日新聞社「一冊の本」九六年一一月号）は、常日頃、ちゃきちゃきの江戸っ子を自負していた作者らしい資質をうかがわせる一編。内容は、〝捕らぬ狸の皮算用〟を地でいくような性懲りもない男の話を戯画化したものなのだが、作者はそれを落語の語り口を意識して、立て板に水を流すような滑らかな文体とスピード感溢れた場面転換で描いていく。その心地良さがなんとも言えない。

「こはだの鮓」（「小説新潮」九五年四月号）は、小品ながら精緻な細工が光る職人技を彷彿させるような珠玉の一編。実にうまい。ストーリーは単純で浅草諏訪町の葉茶屋でめし炊きとして働いている作兵衛が、顔なじみの鮓売りからもらった大好物のこはだの鮓を食うまでの顚末を描いたものである。たったそれだけの話なのだが、限られた小さな空間での出来事を繊細なタッチで描いているため、作兵衛の心理がリアルに伝わってくる。ここには〝食〟と、〝人〟の普遍的な関係が凝縮した形で描かれており、庶民のささやかな喜びを見事に切り取っている。そして、留意しておきたいのは「楽したい」の夏三も、「こはだの鮓」の作兵衛も、その滑稽さは作者の描く男性像の原形のひとつだということである。

「姉妹」は同人誌「文學地帯」三二号（六八年）に掲載された作品である。同誌と作者の関係は後述するとして、一読して斬新な手法に驚かされた。同人で支持者であった廣畠祐子が「北原亞以子さんのこと」（「新潮」六九年五月号、原文は旧字旧かな遣い）と題するエッセイを書いており、その中で「姉妹」に触れているので、その評を紹介する。

《私の手元にある数篇の作品のうち「姉妹」は平家物語を素材として妓王、妓女、仏御前が、各々の立場からおまろという男性を相手に独白する珍しい手法が用いられている。それは表面の気色とはうって変った内面にうずまく女心の嫉妬心を多面的な角度からとらえて心憎いまでに描いたものである。古典物にもかかわらず、読みやすく、親しみのもてる文体で読者を引きこんでいくが、その中に微妙な含みのある味が匿されている。それは誰しも真似の出来ぬ彼女独特のものである。他の彼女の多くの作品の文体でも気づくのだが、擬声音にユーモアが感じられることである。読者もつい、フフンと調子を合せて笑

ってしまう。平家物語の材料をうまく生かして特に女性らしい繊細な神経から、風俗、小道具のあつかい方もよく心得ている。》

この作品の長所を的確にとらえた評となっている。もともと妓王・妓女・仏御前が登場する説話は、『平家物語』の中でも、傲慢で救いがたい男に対抗する強くしなやかで美しい女性像を、新しい時代の息吹きとして伝えようとしたものである。作者はそれを女性のすさまじい嫉妬心をモチーフに、まったく新しい人間ドラマに仕立てた。独白形式という意表を突いたスタイルも情念の吐露にふさわしいし、おまろという男性を相手に独白するという仕掛けには、シニカルな一面ものぞいている。溢れんばかりの才気を感じる一編である。

大成する作家は必ずといっていいほど、資質のコアに原体験を抱え込んでいる。作者の場合は〝戦争体験〟がそれにあたる。作者は第二次世界大戦で疎開、空襲、父の死、生家の焼失という過酷な体験をしている。満六歳の時である。「十一月の花火」（「オール讀物」一九四年一〇月号）は、その時の体験を芳次郎（祖父）の視点をテコとして、逃げまどった経験を小説化したものである。実は本作は、「アーベル　ライデル」（文春文庫『初しぐれ』所収）をスタートとした北原版昭和史の趣をもった「異人さん」、「足音」、「いのち栄えある」（共に「オール讀物」

九四年)と続く連作の最後に書かれた作品である。作者は唯一の戦国ものの長編である『春遠からじ』の冒頭で、戦火の中を逃げまどうヒロインの姿を描いているが、この作中の体験がもととなっている。晶子が作者であり、在りし日の祖父、父、母の姿を活写している。

《ゆう子の手が芳次郎の手をとった。一緒に逃げることにきめながら、芳次郎はどこかで、ここで助かっては、反りの合わぬ時代へ足を踏み入れてしまうような気がしていた。》

その時の祖父の心情を思いやって描いたラストシーンである。洞察力の鋭さをうかがわせる筆致で、これが作者の人間ドラマの基点となっていることがわかる。ちなみにこの一四年後に初めて本人の体験として、空襲の模様を書いている。ついに生きて再会することがなかった父への限りない哀惜を綴った『父の戦地』(単行本は〇八年、その後文庫化)の第四回の冒頭でである。興味のある方は、ぜひご一読いただきたい。

「たき火」「泥鰌」は、共に「文學地帯」三三、三四号(六九年)に掲載されたもので、「本所界隈」という副題が付けられている。前者は職人気質の父親と、瓦葺職人に仄かな恋心を抱く娘の心情を、しっとりとした文章で描いたもの。後者の

「泥鰌」は奉公に出た主人公・勇が藪入りで父母や妹達へのみやげを持ち帰ったものの、家には見も知らぬ男の子がおり、それがきっかけで父親に対する不満が爆発するというストーリー。塩辛い流れの中に、ひとつまみの砂糖でほのぼのとした結末とする力量はさすがである。「泥鰌」という譬えが実にうまく使われている。

市井の片隅で懸命に生きる人々の姿を活写するのが、『深川澪通り木戸番小屋』（八九年）以降の作者が好んで描く市井人情ものの真髄である。それは確実に失なわれていく日常の原風景に対する哀惜の念がモチーフとなっている。「たき火」「泥鰌」共にささやかな日常の一コマを切り取ったもので、これが前述した市井人情ものの源流といっていい。

おそらく今後、作者の単行本未収録の短編が刊行されることはあるまいと思い、作者のデビュー作である「ママは知らなかったのよ」と、作者がライフワークとした土方歳三ものの出発点である「新選組、流山へ」を特別収録した。

「ママは知らなかったのよ」（「新潮」六九年五月号）は、第一回新潮新人賞の受賞作で、作者は受賞するまでの経緯を次のように記している。

《さて、当時、新潮新人賞への応募は、同人誌の推薦が必要だった。私は「文學地帯」という同人誌に入っていたが、入会したばかりで、とても推薦をうけられるとは思っていなかった。ましてや受賞など思いもよらず、広告写真スタジオ勤務の合間をみて、同人誌へ投稿するつもりの時代小説を懸命に書いていた。

同人誌からの推薦の通知は、すぐにきた。すぐにきたが、案の定、その後は何の知らせもない。当り前だろうと自分に言い聞かせたものの、やはり欲があったとみえて落選が淋しくて仕方がない。私は書き上げた小説を同人誌へ送る気になれず、たまたま書店で見た「小説現代」の新人賞に応募した。

その数日後に、新潮新人賞の候補作となった知らせが届いた。》

（『お茶をのみながら』所収「ジャリの会」より）

前出の廣畠祐子は当時の作者を次のようにスケッチしている。

《今年こそ新人賞をトリ（酉）の年と頑張っておりますといった書簡が、千葉に在住の北原亞以子さんから大阪の「文學地帯」発行所の關荘一郎と私に届いたのはこの一月であった。その意気込み通り二月には「新潮」の全国同人雑誌推薦作にあがり、つづいて今回、「第一回新潮新人賞」を授賞されることになりその見事さはさすがだと驚嘆した。それは迅速に舞い込んだ幸運のように見えるが、当然そこには北原さんのこれまでの長い地味な文学への努力が実を結んだのだと思われる。》（前掲「北原亞以子さんのこと」）

発表の機会を求めて活発に動き回っている若かりし頃の作者が目に浮かぶ。同書に「ママは知らなかったのよ」の評も書いており、それも引用しておく。

《今回の受賞作「ママは知らなかったのよ」は現代の教育ママの問題を取りあげているが、その視点が少し変った角度から当てられており、不干渉主義に見せながら、その実は意外に重い期待を子供にかけている母親の像と、それに抵抗する子供との対比が巧みに描かれている。そこには現代の風潮の批判もある。

ここでは文体は軽妙であり、短篇作家らしい省略のよさがある。私どもの合評会でも同人一致して好評であった。》（同前）

確かに着眼点の面白さやひねりの利いたストーリー、それをまとめる力には新人らしからぬものがある。特に、明日は地獄を見ることになるかもしれない少年の姿をサラッと書いたラストは、見事というほかはない。このひねりこそ作者の真骨頂で、作者が書く人間ドラマをより深いものにしている力の根源である。

「新選組、流山へ」（『物語　新選組戊辰戦記』八八年）は、史料を駆使したノンフィクションで、作者の新選組というより、〝土方歳三もの〟の出発点となった作品である。ラストが印象的である。といってもうまいとかいう話ではない。ノンフィクションとしては完全に破調である。二人の心情を汲みとるあまり、物語を書くことに力を注いできた素顔がのぞいてしまったような文章である。これが作者を土方歳三にのめりこませる契機となっていく。この四ヶ月後、「土方歳三――北の果てに散った新選組副長」（『物語　新選組隊士悲話』八八年）を発表。「新選組、流山へ」と表裏をなす作品で、土方の近藤に対する敬愛の念や慚愧等、複雑な想いを描いている。この二編をベースに『歳三からの伝言』（八八年）、『暗闇から　土方歳三異聞』（九五年）、さらに未刊だが『密約』等、視点を変えて歳三像を刻み続けた。作者のライフワークとなった。

本書が作者の源流の発見や新しい面との出会いにつながればと祈願しています。それが作者への手向けになると信じて。

末尾になりましたが、編者の無理難題を快く承知してくれた弟さんである松本浩一さんに感謝致します。

（文芸評論家）

各作品の初出は、章扉裏に記してあります。

著者が逝去されたため、明らかな間違いについてのみ、著作権継承者、解説者と相談し、修正しました。

本書には、今日の人権意識に照らして、不適切と思われる表現が含まれていますが、物語の時代背景、社会性を表す表現であり、差別的意図はいっさいありません。（出版部）

著者紹介

北原亞以子（きたはら　あいこ）

1938年、東京都生まれ。石油会社、写真スタジオを経て、コピーライターとして広告制作会社に入社。

69年、「ママは知らなかったのよ」で新潮新人賞、「粉雪舞う」で小説現代新人賞佳作、89年、『深川澪通り木戸番小屋』で泉鏡花文学賞、93年、『恋忘れ草』で直木賞、97年、『江戸風狂伝』で女流文学賞、2005年、『夜の明けるまで』で吉川英治文学賞を受賞。おもな作品に、『化土記（けとうき）』『春遠からじ』『まんがら茂平次』「慶次郎縁側日記」シリーズなど。2013年3月12日逝去。

PHP文芸文庫　こはだの鮓（すし）

2016年7月22日　第1版第1刷

著　者	北原亞以子
発行者	小林成彦
発行所	株式会社PHP研究所
東京本部	〒135-8137 江東区豊洲5-6-52
	文藝出版部 ☎03-3520-9620（編集）
	普及一部 ☎03-3520-9630（販売）
京都本部	〒601-8411 京都市南区西九条北ノ内町11
PHP INTERFACE	http://www.php.co.jp/
組　版	朝日メディアインターナショナル株式会社
印刷所	図書印刷株式会社
製本所	東京美術紙工協業組合

ISBN978-4-569-76599-0

PHPの本

化土記（けとうき）

北原亞以子 著

老中・水野忠邦配下で改革推進派の栗橋伊織が殺された。それを聞いた兄は黒幕を突き止めようと動き出すが……。著者渾身の傑作時代小説。

【四六判】 定価 本体一、八〇〇円（税別）